Chères lectrices,

Le mois de mai est enfin arrivé ! Et le printemps est là, qui chasse les jours mauvais, gris et pluvieux, de cet hiver trop long. Le bleu du ciel est un enchantement pour le cœur, le soleil vient réchauffer notre corps engourdi. Comme il est bon de s'étirer, de respirer profondément, de prendre le temps de flâner… et de rêver à des pays lointains où nous pourrions connaître les délices d'un printemps éternel.

C'est ce que va vivre Samantha (*Le prince de ses nuits*, Azur n° 2684) en s'installant au cœur de Hunter Valley, en Australie. Non seulement elle va réaliser son rêve de toujours — s'occuper de chevaux —, mais elle va découvrir, émerveillée, une magnifique région de vignobles, une terre aux ciels infinis et aux mille nuances d'or et de vert. C'est dans ce décor très romantique que Samantha va rencontrer l'amour, un amour qui va bouleverser toute sa vie.

Avec elle (et toutes vos autres héroïnes de ce mois-ci…), laissez-vous emporter par le souffle de la nature et de la passion.

Très bonne lecture.

La responsable de collection

Le prince de ses nuits

MIRANDA LEE

Le prince de ses nuits

COLLECTION AZUR

éditions Harlequin

Si vous achetez ce livre privé de tout ou partie de sa couverture, nous vous signalons qu'il est en vente irrégulière. Il est considéré comme « invendu » et l'éditeur comme l'auteur n'ont reçu aucun paiement pour ce livre « détérioré ».

Cet ouvrage a été publié en langue anglaise
sous le titre :
LOVE-SLAVE TO THE SHEIKH

Traduction française de
ÉLISABETH MARZIN

83-85, boulevard Vincent-Auriol, 75013 PARIS — Tél. : 01 42 16 63 63
Service Lectrices — Tél. : 01 45 82 47 47
ISBN 978-2-2802-0588-7 — ISSN 0993-4448

Prologue

— Inutile de me ménager, docteur. Annoncez-moi votre diagnostic sans détour, s'il vous plaît.

Le neurochirurgien observa attentivement l'homme qui lui faisait face. Rachid bin Said al Serkel semblait sûr de lui. Cependant, était-il vraiment prêt à entendre la vérité ? Il avait autant de chances de survivre que son poulain de gagner le Derby.

A savoir une sur deux.

— Vous avez une tumeur au cerveau.

Rachid ne cilla pas.

— Maligne, ajouta le chirurgien, impressionné malgré lui.

D'ordinaire, à l'annonce de ce genre de nouvelle, les gens marquaient le coup. C'était la première fois qu'il voyait un patient faire preuve d'un tel sang-froid.

Agé de trente-quatre ans, taillé en athlète, le visage énergique, Rachid bin Said al Serkel était l'image même de la force et de la virilité. Impossible de deviner en le voyant qu'il était atteint d'un cancer.

Fils unique d'une Londonienne et d'un magnat du pétrole de l'émirat de Dubar — tous deux morts tragiquement dans l'incendie d'un de leurs yachts — il avait fait ses études à Oxford et vivait en Angleterre. Il possédait un appartement à

Kensington, une écurie de courses à Newmarket et un haras au pays de Galles.

Subjuguée par le patient le plus séduisant et sans doute le plus riche du cabinet, la secrétaire avait entrepris de recueillir tous les renseignements disponibles à son sujet. Depuis une semaine, elle ne parlait plus que de ce Rachid et de sa réputation de play-boy. Car en plus des chevaux de course et des voitures de sport, il appréciait beaucoup les femmes. Séduisantes et libérées de préférence.

Ces informations avaient laissé le chirurgien de marbre, mais à présent, sa curiosité était piquée par cet homme manifestement doué d'un caractère hors du commun.

— Et… ? demanda Rachid.

— Une intervention est possible, mais elle comporte des risques. Pour être très précis, vos chances d'y survivre sont de cinquante pour cent. Cependant, sans cette intervention, votre espérance de vie ne dépasse pas un an.

Le chirurgien fit une pause avant d'ajouter :

— Bien entendu, la décision vous appartient.

Rachid eut un sourire qui révéla des dents d'une blancheur éclatante.

— Je n'ai pas vraiment le choix, n'est-ce pas ? Vous avez la réputation d'être le meilleur neurochirurgien du Royaume-Uni, je m'en remets donc à vous. Vous pouvez programmer l'opération pour la fin juin.

— Mais c'est dans trois semaines ! Je préférerais opérer plus tôt.

— L'intervention sera-t-elle beaucoup plus risquée dans trois semaines ?

— Sans doute pas, reconnut le chirurgien à contrecœur. Cependant, je vous déconseille d'attendre.

Rachid eut une moue de dérision.

— Du moment que je ne risque pas de mourir d'ici là…

— Sachez qu'avec le temps, vos migraines vont s'intensifier.

— N'existe-t-il aucun analgésique permettant de les atténuer ?

Le chirurgien soupira.

— Je vais vous faire une ordonnance, mais je persiste à trouver votre décision déraisonnable. Pourquoi attendre ?

— Je dois me rendre en Australie.

— En Australie ! Qu'avez-vous donc de si urgent à faire là-bas ?

— Le prince Ali de Dubar m'a demandé de m'occuper de son haras pendant son absence. Il doit rentrer dans son pays pour le couronnement de son frère. Vous savez sans doute que le roi Khaled est décédé hier ?

Le chirurgien l'ignorait. Il évitait autant que possible de lire la presse et de regarder les journaux télévisés. Quand il ne travaillait pas, il préférait se détendre en jouant aux échecs. Il savait cependant que la famille régnante de Dubar possédait une immense fortune.

— Je suppose que le prince Ali pourrait aisément trouver quelqu'un d'autre à qui confier cette mission ?

— Certes, mais c'est à moi qu'il a fait appel. Or il m'a sauvé la vie quand nous étions adolescents et je n'ai jamais eu l'occasion de m'acquitter de cette dette. Il n'est pas question que je me dérobe aujourd'hui.

— Ecoutez... Si vous lui expliquiez votre état, je suis sûr...

— Ma santé ne regarde que moi, le coupa sèchement Rachid. C'est un problème que je réglerai seul.

— Pardonnez-moi d'insister, mais dans ce genre de situation, on a besoin du soutien de sa famille et de ses amis.

Pour la première fois, une ombre passa dans les yeux noirs de son interlocuteur.

— Je n'ai pas de famille, déclara Rachid d'un ton neutre.

— Mais vous avez des amis. Ce prince Ali, par exemple. Vous devriez le mettre au courant.

— Plus tard. Quand il aura rempli ses obligations familiales.

Rachid se leva.

— Votre secrétaire a mon adresse e-mail. Qu'elle me tienne informé des dispositions à prendre pour l'intervention. D'ici là…

Le chirurgien se leva et serra la main que lui tendait son patient. Quelle poigne ! A l'image de l'homme.

— Prenez soin de vous, dit-il.

— Une dernière question. Puis-je monter à cheval ?

Le chirurgien arqua les sourcils. D'ordinaire, les futurs opérés du cerveau s'enveloppaient dans du coton en attendant le jour J. Ils n'envisageaient pas de se rendre aux antipodes en avion et encore moins de monter à cheval ! Toutefois, il fallait bien reconnaître que l'équitation n'était pas contre-indiquée dans le cas de Rachid. Même en cas de chute, il ne risquait rien de plus qu'un cavalier en parfaite santé.

— Si vous ne pouvez vraiment pas vous en passer, pourquoi pas ?

Rachid eut un sourire réjoui.

— Je ne peux vraiment pas m'en passer.

1.

Quelle perte de temps ! songea Samantha en claquant la portière du 4x4, après avoir jeté son sac sur le siège arrière. Elle s'installa au volant et mit le contact. Et quelle perte d'argent !

Heureusement, la route ne serait pas trop longue… C'était le seul aspect positif de ce voyage. L'aéroport de Williamstown était beaucoup plus proche de Hunter Valley que celui de Sydney. Seulement une demi-heure de trajet au lieu de trois heures.

Malgré tout, elle n'aurait jamais dû écouter Cléo, se répéta-t-elle pour la énième fois en gagnant la sortie du parking. Comme elle s'y attendait, ce séjour dans un hôtel-club de la Gold Coast n'avait servi à rien.

L'idée qu'elle pourrait rencontrer l'homme de sa vie dans un endroit de ce genre était absurde.

Et pas la moindre amourette de vacances non plus… Non qu'elle soit d'une laideur repoussante. Elle avait même un physique plutôt agréable. Surtout depuis que Cléo l'avait convaincue d'illuminer ses longs cheveux châtains avec des mèches blondes et de se faire épiler les sourcils.

C'était quelques jours avant son départ. Cléo avait insisté pour l'emmener dans un institut de beauté à Newcastle, puis elle l'avait entraînée dans les boutiques et incitée à s'acheter des tenues plus sexy que ses jeans habituels.

Il fallait reconnaître qu'elle n'avait pas regretté de lui avoir cédé et qu'elle s'était sentie particulièrement en beauté pendant toute cette semaine de vacances.

D'ailleurs, elle avait souvent été abordée par des représentants du sexe masculin, que ce soit au bord de la piscine ou au bar de l'hôtel.

Pas de doute, elle avait eu du succès.

Mais comme d'habitude, son attitude avait rapidement découragé les plus téméraires.

Samantha n'avait jamais maîtrisé l'art de la séduction. Minauder n'était pas son genre et elle avait une fâcheuse tendance à dire ce qu'elle pensait. Depuis toujours, ses amies lui répétaient qu'elle n'était pas assez avenante. Trop abrupte.

Peut-être était-ce parce qu'elle n'avait pas eu de modèle féminin pendant son enfance. Sa mère était morte après sa naissance et elle avait grandi dans un univers exclusivement masculin, élevée par son père et entourée de quatre frères qui l'avaient toujours traitée comme l'un des leurs.

Pratiquant les mêmes sports que ces derniers, elle avait appris à se défendre comme eux — et parfois contre eux — avec ses poings.

A l'école, ses amies l'avaient souvent traitée de garçon manqué mais elle n'y avait pas attaché trop d'importance.

Au collège, en revanche, elle avait souffert de ne pas avoir de petit ami et d'être obligée de demander à un de ses frères de l'accompagner au bal de fin d'études. Il était vrai qu'à l'époque, ses seins étaient inexistants et ses cheveux très courts. L'absence de maquillage et les vêtements masculins qu'elle affectionnait n'arrangeaient rien.

Quand elle avait intégré l'université de Sydney pour préparer un diplôme de vétérinaire, elle avait presque abandonné l'espoir de connaître un jour les joies de l'amour. Elle avait donc compensé le vide de sa vie affective par sa passion pour les chevaux, en travaillant comme palefrenière dans une écurie de courses pour financer ses études.

Malgré tout, elle n'avait pas tardé à découvrir que le milieu estudiantin était particulièrement propice à l'apprentissage du sexe. En effet, la plupart des garçons, anxieux d'affirmer leur virilité, considéraient que leur prestige était proportionnel au nombre de prises inscrites à leur tableau de chasse.

Si bien qu'en quatrième année, époque où sa poitrine avait commencé à se développer et où elle avait laissé pousser ses cheveux, elle avait enfin eu avec deux de ses condisciples des relations sinon amoureuses du moins sexuelles.

Mais à sa grande déception, ces expériences n'avaient pas déclenché en elle le séisme dévastateur évoqué dans certains romans qu'elle avait lus…

Après avoir obtenu son diplôme, elle avait été engagée chez un vétérinaire spécialisé en hippiatrie, à Randwick. Un homme d'une quarantaine d'années, séduisant, charmant… et très marié. Leurs relations étaient d'abord restées strictement professionnelles, mais au fil des mois, les longues heures passées à travailler ensemble et leur passion commune des chevaux les avaient peu à peu rapprochés.

La vie sentimentale de Samantha étant toujours inexistante, elle avait été émoustillée par l'intérêt que lui portait Paul. Sans être amoureuse de lui, elle se sentait bien en sa compagnie. Chaque matin, elle se réjouissait de le retrouver et chaque soir, elle s'attardait un peu plus au cabinet.

Et puis un jour, il l'avait prise dans ses bras pour l'embrasser avec fougue. La déclaration enflammée qui avait suivi l'avait électrisée. Jamais personne ne lui avait parlé ainsi.

L'espace d'un instant, elle avait été tentée de succomber à la tentation. Mais par-dessus son épaule, elle avait aperçu sur le bureau de Paul la photo de sa femme et de ses enfants. Instinctivement, elle avait su qu'il ne les quitterait jamais. Que ce n'était pas de l'amour qu'il attendait d'elle mais seulement du sexe, dans le cadre d'une aventure extraconjugale sans complications.

Or, pour elle, il n'était pas question de jouer les seconds rôles. Elle voulait une vraie passion avec un homme pour qui elle serait la seule femme au monde. Un homme qui lui jurerait un amour éternel, l'épouserait et lui ferait des enfants.

Dès le lendemain, elle avait donné sa démission. Quelques jours plus tard, elle avait quitté Sydney pour Hunter Valley, après avoir répondu à une annonce pour un poste de vétérinaire aux Ecuries Royales de Dubar.

Comme tous les passionnés de sports hippiques, elle connaissait ce haras de réputation. Propriété d'un prince arabe immensément riche, c'était l'un des plus prestigieux d'Australie. Il abritait les meilleurs étalons et poulinières disponibles sur le marché international.

Ravie que sa candidature ait été retenue, elle s'était mise au travail avec enthousiasme aux côtés de Gerald, l'autre vétérinaire, un homme d'une soixantaine d'années qui logeait lui aussi sur place, comme l'ensemble du personnel.

Si elle avait postulé pour ce travail, c'était d'abord pour s'éloigner de Paul, mais aussi parce qu'elle avait été séduite par la perspective de vivre à la campagne. Les hommes y seraient sans doute moins rebutés que les citadins par son manque de sophistication, avait-elle pensé.

Elle poussa un soupir en ralentissant à l'entrée d'un village. Malheureusement, sa vie sentimentale n'était pas plus glorieuse à Hunter Valley qu'à Sydney… La plupart des palefreniers étaient si jeunes et si timides qu'ils osaient à peine lui adresser la parole. Quant aux autres membres du personnel, ils étaient tous mariés.

Bien sûr, ce poste était très formateur et la vie au haras

avait de bons côtés. Cependant, elle n'y passerait sûrement pas toute sa vie.

Ali, prince de Dubar et propriétaire du haras, était un homme charmant, mais elle le trouvait intimidant. Comme sa femme, Charmaine, un ex-top modèle qui s'occupait de nombreuses œuvres de bienfaisance. Ils avaient deux enfants. Une fille de trois ans, Amanda, et un garçon d'un an, nommé Rachid en l'honneur d'un ami d'enfance du prince. Un magnat du pétrole qui possédait un haras en Angleterre, où il menait une vie encore plus dissipée qu'Ali avant son mariage.

C'était par Cléo, la gouvernante du prince, que Samantha avait appris tous ces détails — sans avoir à poser aucune question. Agée d'une cinquantaine d'années, Cléo était une femme très attachante… et très bavarde. Sans toutefois être médisante.

Quand Ali et sa famille partaient à Sydney pour le week-end, Cléo invitait Samantha à dîner à la villa, puis elles passaient la soirée à jouer à des jeux de société tout en discutant. Malgré leur différence d'âge, le courant était passé entre elles dès le premier jour.

Samantha poussa un soupir. Sans la compagnie de Cléo, elle aurait déjà quitté Hunter Valley. D'ailleurs, elle n'avait pas l'intention de renouveler son contrat quand celui-ci se terminerait à la fin du mois. La vie à la campagne et la solitude lui pesaient trop.

C'était pour cette raison qu'elle s'était laissé convaincre de passer sa semaine de congé sur la Gold Coast. Même si elle se doutait que ce serait une perte de temps…

Du moins cette escapade lui avait-elle permis de faire une constatation plutôt rassurante. Elle ne laissait pas les hommes indifférents. Le changement de look opéré sur les conseils de Cléo avait porté ses fruits. Toutefois, il lui restait encore à apprendre les règles du jeu de la séduction.

En fait, ce dont elle avait besoin, c'était un coach qui lui enseigne l'art du flirt, songea-t-elle tout à coup. Quelqu'un qui lui explique comment se comporter pour éviter de faire fuir les hommes.

Elle eut une moue de dérision. Et à vrai dire, quelques séances de travaux pratiques dans un lit ne seraient pas superflus !

Oui, si elle voulait sortir un jour du désert sentimental dans lequel elle errait depuis si longtemps, il fallait réagir. Trouver un homme expérimenté, de préférence séduisant et plus âgé qu'elle, qui accepte de l'initier à l'amour…

— Allons bon !

L'entrée du haras ! Elle venait de la dépasser ! Samantha mit son clignotant et ralentit pour se ranger sur le bas-côté. Le semi-remorque qui la suivait passa en trombe et la frôla en klaxonnant.

— Rustre ! hurla-t-elle en passant la tête par la vitre.

Tout en faisant demi-tour, elle scruta du regard les paddocks environnants. Il avait dû pleuvoir pendant son absence. Le sol était encore teinté de vert, alors qu'en cette saison les gelées avaient d'ordinaire déjà jauni l'herbe, obligeant à nourrir les chevaux à la main.

Contrairement à d'autres régions d'Australie, Hunter Valley était rarement affectée par la sécheresse. Le sol, plat le long du fleuve puis de plus en plus vallonné à mesure qu'on approchait de la cordillère australienne, y était riche et fertile. L'idéal pour l'élevage des pur-sang.

Samantha s'arrêta devant les imposantes grilles noires qui marquaient l'entrée du haras et sur lesquelles l'insigne royal de Dubar, cerclé d'or, se détachait nettement.

Elle les ouvrit à l'aide de la télécommande qui lui avait été confiée le jour de son arrivée. Comme elle avait été impressionnée, ce jour-là ! L'immense richesse de son propriétaire se reflétait dans la splendeur du domaine.

Bien sûr, elle s'était avant tout intéressée aux écuries ultramodernes, véritable palace pour chevaux. Cependant, quand on remontait la longue allée de gravier sur laquelle ouvraient les grilles, c'était d'abord la villa du prince qui attirait l'œil. Perchée sur une petite colline qui offrait une vue panoramique sur la vallée, c'était une somptueuse demeure de stuc blanc à un étage.

Avec ses patios aux arcs finement travaillés et ses coupoles de bois sculpté, elle évoquait plus un palais oriental qu'une ferme australienne.

A quelques centaines de mètres avait été installé un héliport, d'où Ali et sa famille s'envolaient presque tous les week-ends pour Sydney, à bord d'un énorme hélicoptère noir ayant appartenu à l'armée royale de Dubar. L'intérieur de l'appareil avait été entièrement réaménagé avec un luxe inouï. Du moins c'était ce que Cléo lui avait confié.

Car pour sa part, elle n'était jamais montée à bord, bien sûr ! songea Samantha avec dérision.

A sa grande surprise, l'hélicoptère se trouvait justement sur l'héliport, découpant sur le ciel bleu une silhouette sombre vaguement menaçante. Curieux… D'ordinaire, Ali le renvoyait dès le dimanche soir à Sydney, où son pilote restait basé afin d'être disponible en cas d'urgence dans le cadre de missions humanitaires. Que faisait-il un lundi à Hunter Valley ?

Samantha réprima un sourire. Nul doute qu'elle le saurait très bientôt. Cléo se ferait un plaisir de le lui révéler quand elle lui téléphonerait pour lui annoncer qu'elle était de retour. Mais avant tout, elle allait défaire sa valise et se préparer un café.

Après avoir suivi l'allée de gravier sur une centaine de mètres, Samantha arriva à un embranchement. A gauche, une route conduisait aux écuries, tandis que sur la droite, une autre montait vers la villa. Elle prit la voie du milieu, qui longeait la rivière jusqu'aux pavillons des employés, et passait à proximité du terrain d'entraînement des yearlings.

En apercevant un cheval sur la piste, elle ralentit, perplexe. Midi passé, constata-t-elle en jetant un coup d'œil au tableau de bord. En principe, à cette heure-là, tout le monde déjeunait. Le cheval était tenu en bride par un homme brun à la silhouette athlétique, vêtu d'un jean moulant et d'une chemise blanche.

Qui était-ce ? Elle n'avait jamais vu cet homme. En revanche, elle reconnaissait Flèche d'Argent à sa robe gris pommelé et à sa taille impressionnante. C'était un étalon pur-sang appartenant au play-boy qui avait le même prénom que le fils d'Ali.

Le cheval avait été envoyé de Londres quelques semaines plus tôt, pour prendre du repos au haras. Avant même son arrivée, Ali avait recommandé expressément à tout le personnel d'en prendre le plus grand soin.

Malgré tout, Flèche d'Argent avait du mal à s'adapter à son nouvel environnement. Au bout de quelques jours il avait fallu le transférer dans un box capitonné pour éviter qu'il ne se blesse en tentant de défoncer les parois à coups de sabots. Il était également prévu de faire venir d'Angleterre un cavalier réputé pour son habileté avec les chevaux fougueux. Sans doute était-ce lui, songea Samantha. Il avait dû arriver pendant son absence.

Soudain, un cri lui échappa. L'homme venait de bondir en selle et l'étalon se cabrait, cherchant désespérément à le désarçonner.

Le cavalier parviendrait-il à dominer sa monture ? Que se passerait-il si le cheval s'emballait ? S'il chutait et se brisait un membre ? S'il faisait un écart et percutait la clôture ? Les scénarios catastrophe défilaient dans l'esprit de Samantha. Affolée, elle promena autour d'elle un regard anxieux.

Personne en vue. De plus en plus curieux… Pourquoi laissait-on un nouveau venu seul avec un cheval aussi imprévisible ? C'était incompréhensible…

Elle sentit son estomac se nouer. L'homme avait dû prendre

l'initiative de monter Flèche d'Argent sans en informer personne. Il fallait absolument l'arrêter avant qu'il ne commette une erreur fatale.

Elle coupa le contact et descendit du 4x4. Mais le cavalier lâcha la bride au cheval avant qu'elle ait le temps d'attirer son attention. Quand elle atteignit la clôture, Flèche d'Argent était déjà lancé au triple galop. Elle déglutit péniblement. Trop tard pour tenter quoi que ce soit. Si elle criait ou agitait les bras, elle risquait de provoquer l'accident qu'elle redoutait. Il n'y avait plus qu'à attendre que l'inconnu décide de s'arrêter.

Et même s'il fallait reconnaître que c'était un excellent cavalier, elle ne se priverait pas de lui dire ce qu'elle pensait de sa conduite !

En le voyant entamer son quatrième tour de piste, elle faillit s'étrangler d'indignation. Les flancs du cheval blanchissaient d'écume ! Cet homme était d'une inconscience criminelle !

Quand il finit par ramener Flèche d'Argent au pas, non loin de l'endroit où elle se trouvait, elle cria d'une voix tremblante de colère :

— Avez-vous demandé au prince Ali l'autorisation de soumettre ce cheval à un exercice aussi violent ?

Le cavalier se dirigea lentement vers elle en flattant l'encolure de sa monture.

— Puis-je savoir qui vous êtes ? rétorqua-t-il avec un accent britannique extrêmement distingué.

L'espace d'un instant, Samantha se figea, le souffle coupé. Pas par l'accent de l'homme. Ni par sa question insolente.

Par sa beauté sublime… Quel visage extraordinaire ! Quels yeux fascinants ! Et quelle carrure…

Le trouble qui l'envahissait redoubla son irritation.

— Samantha Nelson, répondit-elle sèchement. Vétérinaire au haras. Et vous, je suppose que vous êtes le cavalier chargé de vous occuper de Flèche d'Argent. Eh bien laissez-moi vous dire que vous venez de faire preuve d'une imprudence impardonnable. Vous montez peut-être très bien, mais ce n'est pas une raison pour épuiser ce cheval. Je répète donc ma question : aviez-vous l'autorisation du prince ?

— Sachez, mademoiselle, que je n'en ai nul besoin.

Décontenancée par l'air hautain de son interlocuteur, Samantha fut prise d'un doute. Serait-il possible que cet homme ne soit pas le cavalier envoyé d'Angleterre ? Mais dans ce cas, qui était-ce ? Et que faisait-il au haras ?

Serait-ce un parent du prince ? A vrai dire, c'était un peu le même genre d'homme. Même s'il n'était pas d'une beauté aussi classique qu'Ali. Son visage était plus allongé et ses pommettes plus saillantes. Seule sa bouche apportait un peu de douceur à son visage taillé à la serpe.

En fait, cet homme était beaucoup plus séduisant qu'Ali, reconnut Samantha en s'efforçant d'ignorer le frisson qui la parcourait. Il émanait de lui une énergie prodigieuse. Malgré son flegme apparent, il devait être aussi fougueux que sa monture…

— Ali est parti à Dubar pour le couronnement de son frère, ajouta l'inconnu en écartant d'une main l'épaisse mèche brune qui lui barrait le front. Il m'a confié la responsabilité du haras jusqu'à son retour.

Samantha sentit ses joues s'enflammer. Allons bon. Quelle idiote… Elle s'était rarement sentie aussi embarrassée.

A moins que sa confusion ne soit due au magnétisme de cet homme ? Tout en s'efforçant de se reprendre, Samantha réfléchissait rapidement. Si Ali s'était rendu au couronnement de son frère, cela signifiait que son père était mort pendant qu'elle se trouvait sur la Gold Coast. Quant à cet inconnu, peut-être était-il arabe, mais en tout cas il n'appartenait pas à la famille d'Ali. Sinon, il serait lui aussi à Dubar.

Par conséquent, malgré ses manières arrogantes, il n'était

ni plus ni moins qu'un employé du haras. Comme elle. Et ce n'était pas parce qu'il possédait un charme fou qu'il devait se croire tout permis !

— Je suis étonnée que le prince ait choisi quelqu'un d'aussi irresponsable pour le remplacer, dit-elle d'un ton vif.

Les yeux noirs fixés sur elle étincelèrent.

— Vous êtes très impertinente, mademoiselle.

— Il paraît, oui.

Relevant le menton d'un air de défi, Samantha soutint le regard de son interlocuteur. Il n'avait sûrement pas l'habitude que les femmes lui tiennent tête. En général, elles devaient plutôt se pâmer devant lui. Eh bien, avec elle, il allait être déçu !

— Je maintiens que vous avez fait preuve d'une grande imprudence avec Flèche d'Argent, ajouta-t-elle sèchement. Regardez-le. Il est épuisé.

L'homme arqua les sourcils d'un air dédaigneux.

— C'était le but. Il avait besoin de se défouler. En Angleterre, il saillait plusieurs juments chaque jour. Il a du mal à s'adapter à la vie d'abstinence qu'il mène ici. Comme tous les jeunes mâles, il ne sait pas contrôler ses pulsions. D'où sa frustration. C'est seulement avec l'âge qu'il comprendra que l'attente est parfois plus jouissive que la précipitation.

A son grand dam, Samantha sentit les battements de son cœur s'accélérer. Etait-ce un effet de son imagination, ou bien y avait-il réellement une pointe d'ironie dans la voix veloutée du cavalier ? Elle prit une profonde inspiration. Pas question de se laisser déstabiliser.

— Peut-être. Mais le faire galoper ainsi est beaucoup trop risqué.

— C'est à moi d'évaluer ce risque, mademoiselle. Pas à vous.

— Désolée, mais je suis certaine que le prince Ali n'approuverait pas vos méthodes.

— Je m'en moque éperdument.

Samantha en eut le souffle coupé. L'arrogance de cet homme était renversante !

— Vraiment ? s'exclama-t-elle, outrée. Eh bien, je vais l'appeler immédiatement pour l'informer de la façon dont vous traitez ce cheval.

Le cavalier s'esclaffa.

— Faites, mademoiselle ! Ali vous dira de vous mêler de ce qui vous regarde. Flèche d'Argent m'appartient et c'est moi qui décide de ce qui est bon pour lui. Mais vous venez de me donner une idée. Il n'est pas exclu que, lors de notre prochaine conversation téléphonique, je fasse part à mon ami de la conduite irrespectueuse — bien que très courageuse — de sa vétérinaire. A présent, veuillez m'excuser. Mon cheval et moi devons nous retirer. Je vous invite à poursuivre cette conversation ce soir, au cours du dîner. A 20 heures. Soyez ponctuelle, mon temps est précieux.

Faisant pivoter sa monture, le cavalier s'éloigna au pas vers la sortie de l'enclos, sans un regard en arrière.

2.

Muette de stupeur, Samantha resta clouée sur place. Quand elle finit par retrouver l'usage de ses jambes, elle regagna le 4x4 d'une démarche mal assurée. Elle dut s'y reprendre à deux fois pour ouvrir la portière, se cogna la tête en montant dans le véhicule, puis heurta violemment le volant du genou. Bon sang ! Pourquoi était-elle aussi empotée, tout à coup ! Ce n'était pourtant pas dans ses habitudes.

Les dents serrées, elle garda les yeux fixés sur le rétroviseur jusqu'à ce que Flèche d'Argent et son propriétaire sortent de son champ de vision.

S'exhortant à ne pas se retourner, elle mit le contact. Il était temps de reprendre ses esprits. Si elle était aussi déstabilisée, c'était l'effet de la surprise. Rien de plus.

Durant le court trajet jusqu'à son pavillon, elle fut de nouveau gagnée par la colère. Pour qui se prenait cet homme ? Comment osait-il lui donner des ordres ? Il faisait peut-être ce qu'il voulait avec Flèche d'Argent, mais pas avec elle ! En aucun cas elle n'était obligée de dîner avec lui si elle n'en avait pas envie.

Le problème, c'était qu'elle en avait justement très envie, reconnut-elle à contrecœur en se garant devant son pavillon.

Cette part d'elle-même qui, au premier regard, avait ressenti pour le cavalier une attirance irrésistible brûlait déjà d'envie de le revoir. Elle poussa un profond soupir. Il fallait bien reconnaître que c'était l'homme le plus sexy qu'elle ait jamais rencontré. Et sans doute le plus sexy de la planète !

Il l'avait exaspérée, certes. Mais moins qu'il ne l'avait troublée. Elle était en proie à une excitation intense qu'elle n'avait encore jamais éprouvée. C'était comme si tous ses sens étaient brusquement aiguisés. A l'idée de sentir de nouveau ses fantastiques yeux noirs se poser sur elle, elle était parcourue de frissons délicieux…

L'avait-il trouvée à son goût ? Etait-il possible qu'il l'ait invitée à dîner parce qu'elle lui plaisait ?

Jetant un coup d'œil dans le rétroviseur latéral, elle sentit cet espoir s'envoler. Non. Il était impensable qu'un homme qui avait à coup sûr toutes les femmes à ses pieds ait pu la trouver séduisante.

Elle secoua la tête avec une moue de dépit. Son visage était d'une banalité navrante. Certes, elle avait de beaux yeux, mis en valeur par sa récente épilation des sourcils. Malheureusement, sa mâchoire était trop carrée, sa bouche trop grande et son cou trop long. Ses dents, en revanche, étaient superbes. Elle s'adressa une grimace dans le miroir. En fait, elle avait toutes les qualités d'une belle jument…

Elle ouvrit la portière et descendit du 4x4. Comment avait-elle pu envisager une seule seconde que le propriétaire de Flèche d'Argent pourrait s'intéresser à elle ? Même quand ils étaient hideux, les magnats du pétrole ne fréquentaient que des créatures de rêve, actrices ou top modèles. Il suffisait de feuilleter un magazine people pour le vérifier.

Elle monta les marches de sa véranda en réprimant un soupir. Cet homme était totalement inaccessible pour une fille comme elle. Mais quelle importance, après tout ? se dit-elle en redressant les épaules. C'était visiblement un odieux phallocrate, autoritaire et imbu de sa personne.

Toutefois, il l'avait qualifiée de courageuse. Pour quelle

raison ? Et pourquoi cette lueur d'admiration dans ses incroyables yeux noirs quand il lui avait fait ce compliment ? Car c'était bien un compliment. Aucun doute là-dessus.

A moins que... Et si c'était tout simplement de l'ironie ? Et s'il l'avait invitée à dîner uniquement pour s'amuser à ses dépens ? Non, cette idée était trop déprimante. Mieux valait imaginer qu'elle lui avait plu. Même si ce n'était qu'une illusion.

Le froid qui régnait à l'intérieur du pavillon ramena Samantha à des préoccupations plus pragmatiques. Allumer la chaudière était beaucoup plus urgent que se perdre en conjectures sur son pouvoir de séduction !

Mais après avoir déposé son sac au pied de son lit, elle ne résista pas à l'envie de s'observer dans le miroir de la penderie. Il fallait essayer de se voir avec les yeux d'un homme, décida-t-elle. Et par conséquent, adopter un regard neuf.

Elle enleva son blouson et s'étudia attentivement de la tête aux pieds. D'abord de face, puis de profil et enfin de dos. Non, se rappela-t-elle soudain, le roi du pétrole ne l'avait pas vue de dos. Dommage. C'était un point de vue flatteur. Surtout dans ce jean moulant...

A la fin de cet examen minutieux, elle avait retrouvé une certaine confiance en elle.

Visage agréable. Grands yeux bleus. Teint de pêche. Dents d'une blancheur éclatante. Cheveux superbes, souples, brillants et illuminés par le balayage récent. Coupe sexy. Belle silhouette. Jambes interminables, ventre plat, fesses musclées. Bien sûr, il valait mieux ne pas être un inconditionnel des poitrines plantureuses... Mais après tout, ses seins n'étaient pas si petits.

Conclusion, elle ne manquait pas d'atouts pour séduire un homme. Bien au contraire.

S'adressant une grimace dans le miroir, elle secoua la tête. Décidément, elle déraillait complètement ! Le changement de look opéré sur les conseils de Cléo avait fini par lui monter à la tête…

Cléo ! Voilà le plus urgent ! Appeler Cléo pour savoir exactement ce qui s'était passé au haras pendant son absence.

Elle sortit son portable de son sac, le ralluma, et, ignorant le signal sonore indiquant la présence de messages, composa le numéro de la villa.

— Norman à l'appareil, en quoi puis-je vous être utile ?

Interloquée, Samantha resta un instant muette. Le mari de Cléo travaillait au haras comme factotum et jardinier, mais en principe, il ne répondait pas au téléphone.

— Bonjour, Norman. C'est Samantha. Cléo n'est pas là ?

— Ah, bonjour Sam. Si elle est là. Mais elle est tellement débordée qu'elle n'a même plus le temps de prendre les appels ! Tu ne devineras jamais ce qui est arrivé.

Mieux valait ne pas parler à Norman de sa rencontre avec l'ami du prince, décida Samantha.

— Qu'y a-t-il ?

— Le père d'Ali a passé l'arme à gauche jeudi dernier — le lendemain de ton départ. Du coup, Ali est parti dans son pays avec sa femme et ses enfants pour l'enterrement. Et ensuite, il doit assister au couronnement de son frère. Il sera absent trois semaines et il a demandé à un de ses amis de s'occuper du haras jusqu'à son retour. Tu sais, le type qui s'appelle comme son fils. Enfin c'est plutôt l'inverse, mais peu importe. Bref, ce Rachid bin quelque chose a débarqué ce matin alors qu'on ne l'attendait que demain. Il est arrivé hier soir à Londres et devait passer la journée et la nuit à Sydney, dans la suite d'Ali. Mais apparemment, il était impatient de voir son cheval. Celui qui donne un mal de chien à ce pauvre Ray. Tu vois lequel c'est ?

Oui, elle voyait très bien ! songea Samantha. Cependant,

après cinq kilomètres de galop, Flèche d'Argent allait sûrement donner beaucoup moins de mal au responsable des écuries...

— Bref, Cléo est dans tous ses états parce que la suite des invités n'était pas prête quand ce Rachid est arrivé tout à l'heure, poursuivit Norman sans attendre de réponse à sa question. Et d'ailleurs, elle est justement en train de s'en occuper. Ah, la voilà ! Chérie, c'est Samantha ! Oui, elle est rentrée. Tu es rentrée, n'est-ce pas, Samantha ?

— Oui. J'appelle de chez moi.

— Oui, chérie, elle appelle de chez elle ! Au revoir, Samantha, je te la passe.

— Samantha ? Comment se fait-il que tu sois déjà là ? s'exclama Cléo. Tu ne devais pas arriver en fin d'après-midi ?

— J'ai pris le vol précédent.

— Ah... On dirait que l'escapade sur la Gold Coast n'a pas tenu ses promesses.

— Oh, le changement d'air m'a quand même fait du bien.

— D'accord... Mais tu n'as pas...

— Non.

— Tant pis, ce n'est pas très grave. L'important c'est d'avoir tenté le coup. Est-ce que Norman t'a expliqué ce qui se passait ici ?

— Oui. Pauvre Ali. A-t-il été très affecté par la mort de son père ?

— Non. Ça n'a rien de surprenant, remarque. Après tout, son père l'avait chassé. En tout cas, il était content pour son frère et pour son pays. Il a dit qu'il était grand temps que Dubar soit gouverné par un souverain moins passéiste. Mais sais-tu que nous avons un visiteur ?

— Oui. Norman m'a parlé de l'arrivée de « Rachid bin quelque chose », comme il dit.

Cléo pouffa.

— Moi aussi, j'ai du mal à retenir son nom. Mais apparemment, il est comme Ali. Il n'aime pas les cérémonies. Il a insisté pour qu'on l'appelle par son prénom.

— Ah bon ?

— Oui. Et il ne doit pas aimer perdre son temps non plus. A peine arrivé, il est allé voir son cheval. Il m'a aussi demandé de prévoir une petite réception pour ce soir. Rien de grandiose, a-t-il dit. Juste un dîner qui lui permette de faire connaissance avec les principaux employés du haras. Je suppose que ça concerne Ray, Trevor, Gerald et toi.

A son grand dam, Samantha eut un pincement au cœur. Dire qu'elle avait cru à une invitation à dîner en tête à tête… Quelle idiote !

— Oui, il m'a prévenue.

— Quoi ? Tu l'as déjà rencontré ? Pourquoi ne l'as-tu pas dit plus tôt ?

— Eh bien… ça s'est plutôt mal passé. Quand je l'ai vu sur son cheval, je l'ai pris pour le cavalier qui devait venir d'Angleterre.

— Et alors ? Je ne vois pas où est le problème. Tu ne pouvais pas deviner qui c'était.

Réprimant un soupir, Samantha expliqua comment s'était déroulée sa rencontre avec Rachid. En omettant toutefois de préciser qu'elle avait fantasmé comme une midinette sur son invitation à dîner.

— Oh, Samantha, quand apprendras-tu à te contrôler ? commenta Cléo d'un ton mi-amusé mi-réprobateur. Tu sais bien que les hommes n'aiment pas les femmes agressives. C'est pour cette raison que tu les fais fuir. Tu es beaucoup trop agressive.

— Le problème n'est pas là ! protesta Samantha d'un ton plus véhément qu'elle ne l'aurait voulu. Je ne cherche pas à plaire à ce Rachid !

— Ne me dis pas que tu n'as pas remarqué à quel point il était beau !

Cléo eut un petit soupir nostalgique.

— Mais il ne faut pas rêver. Ça m'étonnerait qu'il soit attiré par les femmes de cinquante ans, grassouillettes, mariées et désespérément mal coiffées…

Samantha ne put s'empêcher de pouffer. Cette chère Cléo ! Son sens de l'autodérision était irrésistible. Elle lui manquerait quand elle quitterait le haras.

— C'est vrai qu'il est plutôt bel homme, concéda-t-elle. Mais quelle arrogance !

— Qu'est-ce que tu racontes ? Il est encore plus courtois qu'Ali !

— Eh bien, on dirait que tu es sous le charme… Je parie que les hommes ne partagent pas ton enthousiasme.

— Détrompe-toi. Norman l'apprécie déjà beaucoup.

— A propos, il paraît que tu es débordée. Veux-tu que je vienne t'aider ? Je ne reprends le travail que demain.

— Non, merci. J'ai été un peu bousculée ce matin, mais maintenant ça va mieux. Et Judy va bientôt arriver. Elle va me seconder pour la préparation du dîner.

— Qu'as-tu prévu comme menu ?

— Rien de trop prétentieux. Du rôti d'agneau, probablement. Avec du pain fait maison. Et en dessert mon gâteau aux coings avec de la crème. Pour l'entrée, j'hésite. Je vais peut-être me contenter de servir des amuse-gueule avec l'apéritif.

— Si ce Rachid est musulman, il ne boira pas d'alcool.

— C'est vrai, tu as raison. Je n'y avais pas pensé. Je vais lui poser la question. Mais de toute façon, il faut que je prévoie de la bière pour les autres. Surtout Ray et Trevor. Au fait, t'a-t-il dit à quelle heure tu devais venir ?

— 20 heures.

— 20 heures ? Le temps que vous preniez l'apéritif, il sera

au moins 21 heures quand vous passerez à table ! J'espère qu'il n'a pas l'intention de dîner aussi tard tous les soirs : je n'ai pas très envie d'adopter le rythme de vie européen. Mais bon, c'est lui le patron. Il faudra bien que je m'adapte. Ah, j'entends des pas sur le gravier. Ça doit être lui. Il faut que j'y aille, ma chérie. A ce soir.

Ce soir… Samantha raccrocha en réprimant un frisson.

Elle redoutait ce dîner et en même temps elle avait hâte d'y être.

— Quelle idiote ! marmonna-t-elle avec agacement.

Au même instant, son portable sonna.

— Oui ?

— Bonjour, Sam. C'est Gerald. Mon petit doigt m'a dit que tu étais rentrée et je voudrais te demander un service. Un des poulains s'est écorché une patte en glissant sur de la boue près d'une clôture. J'ai besoin de quelqu'un pour l'apaiser pendant que je le soigne, et tu es la personne la plus indiquée. Tu t'y prends tellement bien avec les chevaux… Ça ne t'ennuie pas de venir ?

Si ça l'ennuyait ? Tout plutôt que de rester à tourner en rond chez elle jusqu'à l'heure du dîner ! songea Samantha avec un vif soulagement.

— J'arrive.

— Merci ! A tout de suite.

Ragaillardie, Samantha remit son blouson. Elle avait une chance inouïe que personne ne pourrait jamais lui enlever : son travail était une véritable passion qui la comblait de bonheur.

Vive les chevaux… et au diable les hommes !

3.

Au mois de juin, les journées étaient courtes et la température chutait brutalement dès que le soleil disparaissait derrière les montagnes. Surtout les nuits sans nuages.

Quand Samantha sortit de chez elle, la pleine lune baignait la vallée d'une lumière argentée.

Une fois installée au volant de son 4x4, elle mit le contact et consulta l'horloge du tableau de bord. 20 heures. Excellent timing, se félicita-t-elle. Il ne lui faudrait que quelques minutes pour arriver à la villa, mais du moins ne serait-elle pas pile à l'heure. Pas question d'obéir aveuglément aux ordres du roi du pétrole ! Ni de paraître grossière en arrivant trop en retard.

Dieu merci, elle avait résisté à la tentation de faire des efforts de toilette pour ce dîner. Se mettre sur son trente et un n'était pas dans ses habitudes et les autres auraient trouvé ça bizarre. Bien sûr, Cléo ne manquerait pas de lever les yeux au ciel en la voyant arriver en jean, mais tant pis.

Elle avait quand même pris soin d'astiquer ses bottes, qui semblaient comme neuves. Un pull à col roulé noir et son blouson de cuir complétaient cette tenue d'une sobriété exemplaire.

Après réflexion, elle avait également renoncé au maquillage. Même si, depuis son rendez-vous chez l'esthéticienne, elle possédait une multitude de produits et accessoires soi-disant indispensables à toute femme normalement constituée.

Puisqu'elle n'était pas maquillée quand elle avait rencontré Rachid dans l'après-midi, mieux valait éviter toute fantaisie pour le dîner, avait-elle décidé en essuyant vigoureusement la fine couche de brillant à lèvres qu'elle venait d'appliquer. Quant à ses cheveux — soigneusement lavés et séchés —, elle les avait attachés sur la nuque avec une barrette noire, craignant de vouloir paraître sexy si elle les laissait flotter librement sur ses épaules.

Et enfin, elle avait délibérément omis de se parfumer. Pas question que le roi du pétrole puisse imaginer une seule seconde qu'elle cherchait à lui plaire…

Quand elle se gara sur le parking des invités à quelques mètres de la villa, Samantha vit que les trois autres employés conviés au dîner étaient déjà arrivés. Le vieil utilitaire cabossé de Trevor et la camionnette bleue de Ray entouraient le 4x4 couvert de poussière de Gerald.

Elle coupa le moteur et descendit de son véhicule.

Comme prévu, quand elle lui ouvrit, Cléo l'enveloppa d'un regard réprobateur.

— Je sais bien que je t'ai dit que notre visiteur n'aimait pas les cérémonies, marmonna-elle en refermant la porte. Mais franchement, venir dîner en jean… Tu aurais pu faire un effort ! Et en plus, tu es en retard. Rachid vient de me demander ce que tu faisais et si tu veux mon avis, il était contrarié.

Le roi du pétrole était contrarié ? Excellente nouvelle ! songea Samantha en se gardant bien de laisser paraître sa satisfaction. Haussant les épaules, elle enleva son blouson et le suspendit dans le dressing contigu au hall.

— J'ai à peine trois minutes de retard ! Ça se passe dans le salon, je suppose ?

— Oui. Dépêche-toi d'y aller, s'il te plaît. Moi, je file. J'ai un rôti à surveiller.

Samantha suivit son amie des yeux avec un sourire attendri.

Cléo ne ressemblait en rien à l'image qu'on pouvait se faire d'une gouvernante. Pour elle, jamais de sévères robes noires ni de chignon strict. Ce soir, elle était vêtue d'un ensemble de velours vert émeraude. Quant à ses cheveux, ils étaient très courts, très hérissés… et très rouges.

Une fois seule, Samantha regarda avec appréhension l'imposante porte à double battant qui se trouvait sur sa droite. En cèdre massif sculpté d'arabesques, celle-ci ouvrait sur un immense salon où trônait une cheminée de marbre blanc, devant laquelle étaient disposés des fauteuils et des divans recouverts de brocart rouge et or. Un feu devait brûler dans l'âtre et répandre des reflets rougeoyants sur les meubles de bois précieux.

Prenant une profonde inspiration, Samantha tourna une des deux poignées de cuivre de la porte.

— Ah, voilà Sam, annonça Gerald quand elle pénétra dans la pièce.

Les jambes vacillantes, elle s'immobilisa. Confortablement installé dans un fauteuil, Gerald sirotait du sherry, tandis que Trevor et Ray buvaient de la bière, assis sur un divan.

Mais son regard s'attarda à peine sur eux. Il fut irrésistiblement attiré par l'homme accoudé au manteau de la cheminée, un verre à cognac à la main. La gorge sèche, elle déglutit péniblement. Rachid était encore plus fantastique que lors de leur première rencontre !

Dans son pantalon noir moulant et sa chemise de soie bleu roi aux manches amples resserrées aux poignets, il avait un chic un peu décalé qui évoquait un pirate du XVIIe siècle. Les épaisses boucles noires qui effleuraient sa nuque accentuaient cette impression. Deux bagues ornaient ses longs doigts fins. Un saphir et une émeraude. Authentiques, sans aucun doute. Une épaisse montre en or au bracelet incrusté de minuscules diamants encerclait son poignet gauche.

Ses yeux noirs se promenèrent nonchalamment sur Samantha, tandis que celle-ci restait clouée sur place, incapable du moindre mouvement.

Comment pouvait-elle être à la fois figée et en proie à la plus vive agitation ? se demanda-t-elle confusément tout en s'efforçant de surmonter le trouble qui la submergeait.

— Je commençais à me demander ce qui vous était arrivé, déclara Rachid d'une voix profonde qui l'électrisa. Venez. Je vais vous servir un verre.

Il lui fit signe de le suivre vers le long buffet qui faisait office de bar.

Elle eut toutes les peines du monde à masquer sa stupéfaction. Le roi du pétrole allait la servir lui-même ? Etait-ce bien le même homme que le cavalier arrogant qu'elle avait rencontré dans l'après-midi ?

— Que voulez-vous boire ? demanda-t-il d'un ton affable. Un apéritif ? Du vin ? Un jus de fruit ?

— Vous n'êtes pas obligé de me servir, répliqua-t-elle avec brusquerie. Je suis parfaitement capable de le faire moi-même.

Une lueur narquoise s'alluma dans les yeux noirs.

— Je n'en doute pas. Mais là n'est pas le problème. Un gentleman se doit de servir les dames.

Devant le sourire enjôleur de Rachid, Samantha sentit son cœur s'affoler dans sa poitrine. Du calme, se dit-elle aussitôt. Il ne fallait surtout pas s'emballer. Pour un homme comme lui, faire du charme aux femmes était une seconde nature. D'ailleurs, Cléo elle-même n'était-elle pas déjà envoûtée ?

Ce qui n'était pas très étonnant. Il fallait bien reconnaître qu'il était irrésistible…

Elle prit une profonde inspiration. Raison de plus pour rester de marbre.

— Un verre de vin blanc fera l'affaire, dit-elle d'un ton qui se voulait désinvolte.

Mais à son grand dam, elle avait de plus en plus de mal à ignorer le feu qui couvait en elle. Tous ses sens semblaient aiguisés. Son odorat, par exemple, était hypersensible au parfum qui émanait de Rachid. Un parfum enivrant. Epicé et sensuel. Très sensuel…

— Il paraît que ce vin provient d'un excellent vignoble de la région, dit-il en lui tendant un verre.

Incapable de prononcer un mot, elle but une gorgée pour se donner une contenance, tandis qu'il l'examinait de nouveau de la tête aux pieds.

Pas la moindre lueur d'admiration dans son regard, constata-t-elle avec un pincement au cœur. On y lisait plutôt de la perplexité. Pas étonnant. C'était sans doute la première fois qu'il rencontrait une femme aussi peu coquette…

A son grand dam, elle fut assaillie de regrets. Elle aurait au moins pu se maquiller un peu… Mais quelle importance ? se reprit-elle aussitôt avec irritation. Maquillée ou pas, elle n'avait aucune chance de plaire à cet homme.

Et elle s'en moquait éperdument !

— Je pensais que les musulmans ne buvaient pas d'alcool, déclara-t-elle d'un ton crispé, tandis qu'il reprenait son verre de cognac.

Il but une gorgée avant de demander :

— Qu'est-ce qui vous fait croire que je suis musulman ?

Décontenancée, elle se mordit la lèvre.

— Eh bien, je… je pensais que vous étiez arabe.

— Je le suis, en effet. Mais tous les Arabes ne sont pas musulmans. Certains sont chrétiens, d'autres juifs, d'autres encore bouddhistes ou athées. Et pour ma part, je n'entre dans aucune de ces catégories. Je suis simplement un homme, prénommé Rachid. A ce propos, je vous demande, comme à vos collègues, de m'appeler ainsi, s'il vous plaît.

— Pas de problème. En Australie, on appelle tout le monde par son prénom. A part peut-être le Premier ministre.

— Et comment l'appelez-vous ?

— Ça dépend si nous sommes satisfaits ou non de sa politique, plaisanta Samantha, soulagée de retrouver un peu de son aplomb habituel.

— Je crois que j'ai beaucoup à apprendre sur les Australiens, commenta Rachid, manifestement perplexe. C'est dommage que je ne reste ici que trois semaines. Je soupçonne qu'il me faudrait beaucoup plus de temps pour commencer à comprendre votre culture, si différente de celles que je connais.

— C'est très aimable à vous. Beaucoup de gens estiment qu'il n'existe pas de culture australienne.

Il lui jeta un regard aigu.

— Vous êtes décidément une femme très étonnante. Mais nous reprendrons cette discussion plus tard. Pour l'instant, j'ai quelques mots à dire à toute l'équipe. Asseyez-vous, je vous prie, ajouta-t-il avant de s'éloigner à grands pas.

Oubliant son esprit de rébellion, Samantha s'exécuta sans broncher. S'asseoir était une excellente idée, puisque ses jambes la portaient à peine. Et malheureusement, ce n'était pas le vin blanc qui lui faisait cet effet, mais l'homme au charme ravageur qui venait de regagner sa place près de la cheminée...

— Merci à tous d'avoir répondu à mon invitation, déclara Rachid. Nous allons passer à table dans quelques minutes, mais d'abord, je tenais à préciser certains points. Avant tout, sachez qu'Ali a une entière confiance dans tout son personnel. S'il m'a demandé de venir, ce n'est pas pour vous surveiller, mais uniquement pour prendre des décisions en cas d'imprévus. Heureusement, cette période de l'année est assez calme. Dans cette région, les juments ne mettent pas bas avant le mois d'août.

Cependant, les pur-sang sont des animaux très fragiles, réputés pour poser des problèmes inattendus. En cas d'incident, je vous demande de me prévenir aussitôt. J'ai une grande expérience de l'élevage des chevaux de course et je peux même me flatter de ne rien ignorer dans ce domaine.

Samantha, qui était en train de boire une gorgée de vin, faillit s'étrangler. Pour qui se prenait-il ? Personne ne pouvait se vanter de tout savoir sur les chevaux !

— Par ailleurs, poursuivit-il d'un ton égal, je sais que la galopade de Flèche d'Argent cet après-midi sur la piste d'entraînement a suscité votre réprobation. Ray et Gerald ont exprimé des réserves. Quant à Samantha, elle a estimé que j'avais fait preuve d'inconscience et elle ne me l'a pas caché.

Samantha se redressa sur son siège, tandis que ses collègues tournaient vers elle des regards étonnés. Naturellement, elle ne leur avait pas fait part de l'incident, mais puisque Rachid éprouvait le besoin d'en parler, elle allait enfoncer le clou.

— Et je n'ai pas changé d'avis, affirma-t-elle avec force.

Après tout, que pouvait-il contre elle ? La renvoyer ? De toute façon, elle quitterait le haras dans quelques semaines.

— Pourquoi ne suis-je pas surpris par cette réaction ? répliqua Rachid avec un sourire imperceptible. Désolé, mademoiselle, mais je connais parfaitement ce cheval et ses besoins. D'ailleurs, il s'est calmé, n'est-ce pas ? demanda-t-il à Ray.

— Il est doux comme un agneau, confirma le responsable des écuries.

— Malheureusement, ça ne durera pas longtemps. Dans quelques jours il aura retrouvé toute sa nervosité et je le ferai de nouveau galoper. Sans soulever aucune objection, j'espère. A présent, y a-t-il des questions ? demanda Rachid en dardant sur Samantha un regard étincelant.

Elle soutint ce dernier sans ciller, malgré le trouble qui l'agitait.

— Ali avait prévu d'assister à une vente aux enchères mercredi, intervint Trevor. Le propriétaire d'un haras de la région est mort il y a six mois. Sa veuve part s'installer en ville et elle liquide le domaine. Certaines juments sont très intéressantes. Elles sont pleines et les poulains promettent d'être magnifiques. Je sais qu'Ali ne voulait pas rater cette vente.

— Merci de m'en informer. Je l'appellerai demain pour lui en parler. S'il le souhaite, je m'y rendrai en son nom. Mais dans ce cas, j'aurai besoin d'un chauffeur pour la journée.

— Sam pourra vous y conduire et en profiter pour examiner les juments qui auront retenu votre attention, suggéra Gerald. Elle a vraiment l'œil pour les chevaux. Rien ne lui échappe.

Rachid se tourna vers Samantha.

— Qu'en dites-vous ?

Mon Dieu, quelle question ! songea-t-elle, le cœur battant à tout rompre. Comment y répondre ? Cette perspective était terriblement excitante ! Et très angoissante, à la fois... Ne risquait-elle pas de perdre la tête si elle passait une journée entière en compagnie de cet homme sublime ?

Elle haussa les épaules d'un air qu'elle espérait désinvolte.

— C'est vous le patron.

Rachid resta impassible.

— Parfait. Je vous ferai savoir d'ici à demain soir si j'ai besoin de vous mercredi. Pour l'instant, je crois qu'il est temps de passer à table.

4.

Cinq couverts étaient dressés sur l'imposante table de la salle à manger, qui pouvait accueillir une vingtaine de personnes.

Nul doute que Rachid allait présider, songea Samantha en s'empressant de s'asseoir sur une des deux chaises les plus éloignées du bout de table. Ses prévisions furent confirmées. Gerald prit place à côté d'elle, tandis que Ray et Trevor s'installaient en face d'eux.

Tout en dépliant sa serviette, Rachid lui jeta un regard pénétrant. S'efforçant de l'ignorer, elle déplia sa serviette à son tour avec une lenteur délibérée et la posa sur ses genoux, les yeux fixés sur la porte. Vivement que Cléo arrive…

A son grand soulagement, ses prières furent exaucées quelques secondes plus tard, et Cléo pénétra dans la pièce avec un plateau chargé de bols de soupe.

— Tu as décidé de servir une entrée, finalement ? murmura Samantha quand son amie plaça un bol devant elle.

— Tu aurais dû le deviner d'après les couverts, rétorqua Cléo sur le même ton.

Samantha réprima un petit rire nerveux. Comme si elle était en état de prêter attention aux couverts !

Cléo s'éclipsa et revint quelques instants plus tard avec une corbeille de pain aux herbes fait maison.

— J'espère que le menu vous conviendra, déclara-elle à

l'adresse de Rachid. Je vous ai préparé un des repas favoris d'Ali. Soupe de poireaux, rôti d'agneau à la menthe accompagné de patates douces, et gâteau aux coings. Nous avons un très beau cognassier dans le jardin.

— Je comprends pourquoi Ali n'aime pas voyager, répondit Rachid. Il est beaucoup trop gâté chez lui !

Cléo pouffa.

— Vous alors ! Oh, mon Dieu, j'ai oublié le vin ! Je vais le chercher tout de suite.

— Du rouge pour moi, s'il te plaît, demanda Gerald.

— Ne vous inquiétez pas, j'ai prévu une bouteille de chaque ! lança-t-elle par-dessus son épaule avant de quitter la pièce.

— Ali m'avait dit que sa gouvernante était une vraie perle, reprit Rachid. Je comprends son enthousiasme. Cléo est comme une grande bouffée d'air frais. Si Ali n'était pas mon ami, je tenterais de la débaucher.

— Vous n'auriez aucune chance, intervint Samantha. Cléo ne quittera jamais Ali, ni sa famille, ni l'Australie.

— Vous n'imaginez pas les miracles qu'on peut accomplir en utilisant les arguments appropriés, rétorqua-t-il.

Au même instant, Cléo revint avec une carafe de vin rouge et un seau à glace contenant une bouteille de vin blanc.

— Dites-moi Cléo, si je vous offrais un million de dollars par an, viendriez-vous avec moi à Londres ? demanda Rachid d'une voix suave.

— Ça dépend à quel titre, rétorqua-t-elle avec un sourire mutin.

— Comme chef de cuisine.

Cléo eut une moue faussement dépitée.

— Non, désolée, ça ne m'intéresse pas. En revanche, si vous m'aviez proposé de vous suivre en tant que maîtresse, j'aurais hésité.

Tout le monde s'esclaffa, y compris Samantha. Mais très

vite, son cœur se serra. Si seulement elle pouvait ressembler à Cléo ! A sa place, celle-ci ne serait jamais venue dîner en jean. Elle aurait mis sa tenue la plus sexy et se serait maquillée avec soin. Avec son humour irrésistible, elle aurait tenu Rachid sous son charme et elle aurait passé une soirée fantastique.

Qui se serait sans doute prolongée au lit…

Samantha déglutit péniblement. Mieux valait ne pas laisser ses pensées prendre cette direction. Rachid devait être un amant fantastique, mais malheureusement elle n'aurait jamais l'occasion d'en être sûre.

Toutefois, rien ne l'empêchait de l'observer discrètement pour le simple plaisir des yeux.

Il discutait avec Gerald, qui lui posait une foule de questions sur le haras qu'il possédait en Angleterre. Le regard de Samantha s'attarda sur sa bouche. Jamais elle n'avait vu des lèvres aussi sensuelles ! Il était tellement beau qu'elle aurait pu passer des heures à le contempler…

— Flèche d'Argent est-il né dans votre haras ? demanda soudain Ray.

En se tournant vers ce dernier, Rachid surprit le regard de Samantha, qui crut qu'elle allait s'évanouir de honte.

— Oui, c'est moi qui l'ai élevé, répondit-il en reportant son attention sur Ray. L'élevage des chevaux de course est une véritable passion.

— Vous avez dû commencer très jeune, fit remarquer Gerald. Flèche d'Argent a six ans et vous ne devez pas avoir dépassé la trentaine.

— Merci pour le compliment, mais j'aurai trente-cinq ans cette année.

Ce n'était pas vraiment surprenant, songea Samantha. Le visage de Rachid était dépourvu de la moindre ride, mais on voyait à son regard que c'était un homme d'expérience.

— Toutefois, vous avez raison sur un point. J'ai effectivement débuté très jeune, poursuivit-il. Je n'avais que seize ans quand j'ai hérité de la ferme de mon père.

Nul doute que l'élevage n'était pas le seul domaine dans lequel il avait commencé jeune, ne put s'empêcher de penser Samantha. Se mordant la lèvre, elle s'efforça de chasser de son esprit les images importunes qui l'assaillaient.

— Flèche d'Argent a-t-il toujours été aussi récalcitrant ? questionna Ray.

— Pas du tout. D'ordinaire, il est très docile. C'est le changement d'hémisphère et la vie qu'il mène ici qui le rendent nerveux. A cause du décalage des saisons entre les deux hémisphères, il est subitement condamné à la chasteté, alors qu'en Angleterre il saillait plusieurs juments par jour. C'est une situation extrêmement frustrante pour n'importe quel mâle normalement constitué, conclut Rachid en jetant un coup d'œil furtif dans la direction de Samantha.

Son regard n'avait rien de provocateur, mais elle sentit une intense chaleur l'envahir. De toute évidence, il ne faisait pas seulement allusion à son cheval. Cherchait-il à lui adresser un message ? Après tout, il se trouvait dans la même situation que Flèche d'Argent. Selon Cléo, il avait une réputation de séducteur. La vie à Hunter Valley risquait de lui sembler bien morne à côté de celle qu'il menait à Londres…

— Mais au printemps il redeviendra sage comme une image, poursuivit-il avec un sourire complice à l'adresse des hommes. D'après ce que m'a dit Ali, un harem de superbes poulinières l'attend.

— En effet, confirma Trevor.

— Quelle chance il a ! murmura Rachid.

Ses yeux noirs effleurèrent Samantha avant de se baisser sur son assiette.

Les joues en feu, la jeune femme vida son verre de vin d'un trait. Du calme… Il serait ridicule de prendre ses désirs pour des réalités. En fait, elle était tout simplement victime de son imagination débordante. Ni les paroles ni les regards de Rachid ne contenaient de message caché. Il était impossible qu'il s'intéresse à une femme comme elle. Absolument impossible.

Comme pour la conforter dans cette opinion, il ne posa plus une seule fois les yeux sur elle jusqu'à la fin du repas. L'ignorant complètement, il ne s'adressa plus qu'aux hommes.

Toutefois, il ne fut plus très bavard. Il semblait épuisé, tout à coup. Des cernes profonds entouraient ses yeux et il se massait régulièrement les tempes.

Avant d'avoir terminé sa part de gâteau, il posa brusquement sa fourchette et se leva.

— Veuillez m'excuser, mais je commence à ressentir les effets du décalage horaire, déclara-t-il d'une voix lasse. Je dois me retirer. Surtout, rassurez Cléo. Ça n'a rien à voir avec sa cuisine. Bonne nuit à tous et à demain matin.

Il leur adressa un sourire étrange avant d'ajouter :

— *Inch'Allah.*

Puis il quitta la pièce.

— Ça alors ! s'exclama Gerald. Il aurait pu attendre que nous ayons bu le café !

— Il semblait vraiment mal en point, protesta aussitôt Samantha.

Gerald aurait pu se montrer plus compréhensif ! songea-t-elle avec agacement. Il était évident que Rachid était à bout de forces. Le décalage horaire était connu pour avoir des effets dévastateurs sur les organismes. Non qu'elle en ait déjà fait l'expérience, puisqu'elle n'avait jamais quitté l'Australie… Encore une lacune à laquelle elle allait remédier dans un avenir proche.

On disait que les voyages formaient la jeunesse. Eh bien, il était temps qu'elle s'y mette ! Découvrir de nouveaux horizons ne pourrait lui être que bénéfique. D'ailleurs, elle s'était fait faire un passeport juste après avoir démissionné de son poste chez Paul.

Une heure plus tard, en proie à des fantasmes extravagants, Samantha se tournait et se retournait dans son lit, incapable de trouver le sommeil.

Rachid et elle chevauchaient côte à côte, lui sur un grand pur-sang gris pommelé, elle sur une superbe jument alezane au poitrail taché de blanc.

Ils s'arrêtaient au bord d'une rivière. Rachid sautait de son cheval et la prenait par la taille pour l'aider à descendre du sien.

Mais au lieu de la lâcher une fois que ses pieds touchaient le sol, il la tenait serrée contre lui en promenant un regard caressant sur ses joues enflammées. Puis, soudain, il capturait sa bouche pour un long baiser ardent auquel elle répondait avec une passion qu'elle ne se connaissait pas.

Quand il finissait par s'arracher à ses lèvres, c'était pour dégrafer son corsage. Elle ne portait rien en dessous et il la contemplait en silence, visiblement émerveillé. Elle sentait les pointes de ses seins se hérisser sous son regard, tandis que de longs frissons la parcouraient tout entière. Elle brûlait d'envie qu'il la caresse, mais il l'allongeait dans l'herbe et finissait de la dévêtir en prenant tout son temps, avant de se déshabiller à son tour.

Le souffle court, elle regardait son corps splendide qui se dévoilait peu à peu. Une fois nu, il s'allongeait près d'elle et la couvrait de caresses. Le désir qui la consumait atteignait une telle intensité qu'il en devenait insupportable.

Elle le voulait en elle. Elle le suppliait de s'unir à elle mais il continuait de la caresser en silence, un sourire énigmatique aux lèvres. Loin d'apaiser le feu qui la dévorait, ses doigts experts l'attisaient, la mettant au supplice. Un supplice délicieux dont elle ne savait plus si elle voulait qu'il se prolonge indéfiniment ou qu'il prenne fin dans une explosion dévastatrice.

— N'importe quoi ! maugréa-t-elle.

Se redressant d'un bond, elle donna un coup de poing rageur dans son oreiller. Il fallait absolument qu'elle se reprenne. Sinon, la prochaine fois qu'elle verrait Rachid, elle risquait de lui sauter dessus...

Comment pourrait-elle survivre à une telle humiliation ?

Elle alluma sa lampe de chevet et ouvrit le roman qu'elle avait commencé dans l'avion. Un thriller haletant, semé de rebondissements plus stupéfiants les uns que les autres.

Mais sans le moindre soupçon d'érotisme.

Exactement ce qu'il lui fallait.

5.

Le mercredi, Samantha se réveilla un peu avant l'aube. A peine eut-elle ouvert les yeux que son estomac se noua. Elle allait passer la journée en compagnie de Rachid…

La veille, il s'était absenté du haras, ce qui l'avait aidée à reprendre ses esprits. Mais dès qu'il lui avait téléphoné, en fin d'après-midi, pour l'informer qu'il se rendrait à la vente aux enchères et qu'il l'attendrait à la villa à 9 heures précises, elle avait de nouveau perdu pied.

Incapable de fermer l'œil, elle avait eu le temps de terminer son thriller bien avant que l'épuisement finisse par avoir raison d'elle, tard dans la nuit. Et voilà qu'à 5 h 30 elle était de nouveau réveillée. Encore trois heures et demi avant d'aller chercher Rachid…

Du moins avait-elle amplement le temps de se préparer, songea-t-elle en se levant. Ce qui était un avantage certain, car il était exclu de commettre la même erreur que pour le dîner. Pas question de passer la journée à regretter d'avoir dédaigné la carte de la coquetterie.

Même s'il était préférable d'opter pour des vêtements pas trop différents de ceux qu'elle portait d'ordinaire. Son jean le plus confortable et sa chemise à carreaux bleus et blancs étaient tout indiqués. Non seulement c'était la tenue la plus appropriée pour passer la journée dans un haras à examiner des juments, mais Rachid ne risquerait pas de s'imaginer qu'elle faisait des efforts pour lui plaire.

En revanche, il fallait se maquiller avec un soin tout particulier. Le but étant de paraître naturelle tout en arborant une mine éclatante… Pour atteindre cet objectif, mieux valait éviter le fond de teint, trop apparent à la lumière du jour.

Elle opta pour un gel solaire teinté dont l'esthéticienne lui avait vanté les mérites. D'après celle-ci, c'était le produit idéal pour illuminer le teint en toute discrétion.

Et elle avait raison, songea Samantha en s'observant dans le miroir. Le résultat était impressionnant.

Au tour des yeux, à présent… Comme le fond de teint, l'ombre à paupières était exclue. Trop voyante. En revanche, elle pouvait se permettre d'appliquer une ou deux couches de mascara qui mettrait discrètement en valeur le bleu de ses yeux.

Quant aux lèvres, une légère touche de brillant incolore suffirait.

Satisfaite de son apparence, Samantha hésita longuement à se parfumer. Juste quelques gouttes derrière les oreilles, finit-elle par décider, en prenant le luxueux flacon acheté pour son escapade sur la Gold Coast.

Dernier problème, et le plus épineux. Que faire de ses cheveux ? Elle les avait déjà séchés, et grâce à sa nouvelle coupe dégradée, ils étaient parfaitement coiffés. Il fallait reconnaître que les laisser flotter librement sur ses épaules était très seyant. Mieux, c'était extrêmement sexy.

Sexy ? Prudence… Elle s'empressa de les attacher en queue-de-cheval. Paraître à son avantage, d'accord. Jouer les vamps, pas question. C'était le meilleur moyen de se ridiculiser.

Une fois prête, elle gagna la cuisine et jeta un coup d'œil à la pendule murale. Il était l'heure de partir… L'estomac de plus en plus noué, elle prit sa veste en jean et quitta le pavillon.

La journée s'annonçait magnifique. Dans l'est de l'Australie, le mois de juin marquait le début de l'hiver. Les gelées matinales étaient fréquentes, mais une fois le soleil levé, il pouvait faire très doux.

A 8 h 55, Samantha se gara sur le parking de la villa.

Quand la porte s'ouvrit en réponse à son coup de sonnette, son cœur fit un bond dans sa poitrine. Ce n'était pas Cléo qui se tenait devant elle, mais Rachid, un panier de pique-nique à la main.

Manifestement remis du décalage horaire, il était d'une beauté à couper le souffle. Vêtu d'un jean noir et d'un polo d'une blancheur éclatante qui mettait en valeur son teint hâlé, il avait les cheveux humides. Manifestement, il sortait de la douche… A son grand dam, Samantha fut assaillie par une foule d'images d'une précision très embarrassante.

— Cléo nous a préparé un pique-nique, déclara-t-il tandis qu'elle tentait désespérément de faire le vide dans son esprit, les yeux fixés sur le panier. Elle m'a expliqué qu'il n'y aurait pas de buffet à la vente aux enchères, mais que les endroits pittoresques où déjeuner en plein air ne manquaient pas dans la propriété.

Samantha déglutit péniblement.

— On y va ?

— Je suis tout à vous.

Tout à elle ? Quel humour ! songea-t-elle avec amertume. Il lui avait à peine jeté un coup d'œil ! C'était bien la peine d'avoir passé deux heures à se préparer…

Pivotant sur elle-même, elle regagna le 4x4 en contenant à grand-peine sa colère, d'autant plus vive qu'elle était dirigée contre elle-même.

— Il vaut mieux mettre le panier à l'arrière, lança-t-elle avec brusquerie en s'installant au volant et en mettant le contact.

Il eut tout juste le temps de s'exécuter et de s'installer avant qu'elle ne démarre.

— Sommes-nous si pressés ? demanda-t-il d'un ton pince-sans-rire en attachant sa ceinture. La vente ne commence pas avant 13 heures, vous savez.

Elle serra les dents. Décidément, cette journée s'annonçait très mal. Dire qu'elle l'avait attendue avec impatience ! Quelle idiote…

— Trevor m'a donné un catalogue sur lequel il a coché les juments qu'il juge intéressantes. Il y en a dix. Les examiner toutes va me prendre la matinée.

— C'est à moi de décider quelles juments vous devrez examiner, rétorqua-t-il sur le ton suffisant qui avait horripilé Samantha lors de leur première rencontre.

Pas de doute, cette journée allait être un véritable enfer… Mais à vrai dire, elle devrait plutôt lui être reconnaissante, songea-t-elle. Quand il adoptait ce comportement, il perdait une grande partie de son charme. Et elle avait bien plus envie de lui flanquer une bonne gifle que de lui sauter au cou. Ce qui était somme toute plutôt positif…

— Combien de temps faut-il pour aller à ce haras ? demanda-t-il quand elle s'engagea sur la route en direction de Scone.

— Environ une demi-heure.

— Y êtes-vous déjà allée ?

— Non.

— Mais vous connaissez le chemin ?

— Ray m'a donné les indications nécessaires.

— Eh bien, espérons que celles-ci sont suffisamment claires. La plupart des femmes n'ont pas le sens de l'orienta…

— Contrairement aux hommes ? le coupa-t-elle d'un ton vif.

Il y eut un bref silence, puis Rachid laissa échapper un petit rire.

— Comme je vous l'ai déjà dit, vous êtes une jeune femme

très impertinente. Cependant, je vous apprécie beaucoup quand même.

— Suis-je censée vous en remercier ?

Les yeux fixés sur la route, Samantha sentit sur elle le regard perplexe de Rachid.

— Apparemment, c'est loin d'être réciproque, déclara-t-il d'un ton égal. Pour être aussi agressive, vous devez vraiment me détester.

Elle tressaillit. Agressive... Etait-ce vraiment l'image qu'elle avait envie de donner d'elle ? Non, bien sûr. Elle avait même pris la résolution de renoncer à ce genre de comportement autodestructeur. Certes, Rachid pouvait être extrêmement déplaisant, mais il fallait essayer de s'en accommoder.

— Je ne vous déteste pas. C'est juste que... je n'apprécie pas votre attitude.

— Vous m'en voulez parce que j'ai dit que les femmes n'avaient pas le sens de l'orientation ? Vous avez raison. C'était stupide de ma part et je vous prie de m'en excuser.

— Ce n'est pas seulement ça. Le premier soir, vous avez tenu à nous assurer qu'Ali avait confiance en nous et que vous n'étiez pas là pour nous surveiller. Mais aujourd'hui, vous décrétez que c'est à vous seul qu'appartient le choix des juments à acheter. Sauf votre respect, Trevor connaît mieux que vous les poulinières australiennes. Il ne comprendrait pas que vous ne teniez aucun compte de son avis.

— Je vois. Dans ce cas, je vais consulter le catalogue qu'il vous a remis. Mais je me réserve le droit de ne pas faire d'offre sur une jument qu'il aurait sélectionnée si elle ne me plaît pas.

— Ou bien si je détecte un problème quelconque en l'examinant.

— Ne vous inquiétez pas, je suivrai vos recommandations. Cela vous convient-il ?

— Oui. A présent si vous profitiez du trajet pour jeter un coup d'œil sur le catalogue ? Il est dans la boîte à gants.

Puisqu'il se montrait conciliant, elle pouvait faire un effort pour être aimable, décida Samantha avant d'ajouter :

— Avez-vous un âge de prédilection pour les juments ?

— Je préfère celles qui ont moins de trois ans. Et j'aime qu'elles aient couru sur hippodrome. Ça indique qu'elles ont des chances de transmettre à leurs poulains un tempérament de gagneur. En général, quand une jument n'a jamais couru c'est parce qu'elle est timorée ou en mauvaise santé.

— Je suis d'accord avec vous. Les poules mouillées ne font pas de bonnes poulinières.

Rachid s'esclaffa.

— C'est la première fois que j'entends cette expression ! C'est un proverbe australien ?

— Non, pas du tout ! Juste une formule qui m'est venue à l'esprit à l'instant. Mais à propos d'expression, l'autre soir vous avez dit quelque chose qui nous a tous intrigués. *Incha* quelque chose…

— *Inch'Allah.*

— Qu'est-ce que ça signifie ?

— « S'il plaît à Allah. » Autrement dit « s'il plaît à Dieu. »

— Dieu ? Mais pourtant, vous m'avez dit que vous n'étiez pas croyant.

— Je n'aime pas les religions créées par l'homme, mais je crois en Allah. Et je crois également à la vie après la mort. Si on n'y croit pas, rien n'a de sens, que ce soit la vie ou la mort. Surtout la mort.

— Je comprends ce que vous voulez dire. Ma mère est morte peu de temps après ma naissance. Ce serait triste de penser qu'elle n'est pas en train de veiller sur moi quelque part.

Le cœur de Samantha se serra, comme chaque fois qu'elle pensait à cette mère qu'elle n'avait pas connue.

— Mais parlons d'autre chose, ajouta-t-elle. La mort est un sujet trop déprimant. Il vaut mieux profiter pleinement de cette belle journée que nous allons pouvoir consacrer à notre passion.

— Notre passion ?

— Les chevaux.

— Vous me connaissez déjà bien, apparemment.

— Il n'est pas difficile de reconnaître les amoureux des chevaux. Je suis certaine qu'ils se ressemblent partout dans le monde, qu'ils soient riches ou pauvres.

— Vous avez sûrement raison. Pour ma part, je ne pourrais pas me passer des chevaux.

— D'après ce que j'ai compris, vous avez largement les moyens d'en avoir autant que vous le voulez.

— C'est vrai. Tant qu'Allah me prête vie.

— Oh, vous devriez avoir encore quelques belles années devant vous. A moins de vous rompre le cou en montant Flèche d'Argent, bien sûr...

Rachid s'esclaffa de nouveau, à la plus grande joie de Samantha. Allons, cette journée s'annonçait plutôt bien, en fin de compte, songea-t-elle, de plus en plus détendue. La compagnie de Rachid n'était pas si désagréable et elle aurait l'occasion de vérifier s'il était réellement un expert en chevaux de course.

En revanche, il vaudrait mieux essayer d'ignorer le fait qu'à chaque seconde il lui paraissait de plus en plus sexy...

— Vous avez une chance inouïe de pouvoir vous offrir n'importe quel cheval, sans prêter attention à son prix, déclara-t-elle en s'efforçant de chasser de son esprit les images qui la poursuivaient depuis qu'il lui avait ouvert la porte de la villa, quelques instants plus tôt. En êtes-vous conscient ?

Il leva les yeux du catalogue.

— A vrai dire, je n'y ai jamais vraiment réfléchi. Les hommes naissent riches ou pauvres. Ensuite, c'est à eux de construire leur vie. Certes, j'ai hérité de la fortune de mon père, mais j'ai su la faire fructifier. J'ai le sentiment de mériter tout ce que je m'achète.

Bien sûr… Cependant, pour faire fructifier son capital, encore fallait-il en avoir un ! Mais il était inutile de le faire remarquer, décida Samantha. Rachid et elle n'appartenaient pas au même monde, point final.

— Un jour, je réaliserai mon rêve le plus cher, déclara-t-elle. Aller à une vente de yearlings et m'acheter un superbe poulain.

— Pas une pouliche ?

— Non. Je préfère de loin les poulains.

— Ils peuvent atteindre des prix très élevés.

— Je sais. Mais je gagne assez bien ma vie, et un jour, j'aurai mon propre cabinet de vétérinaire, ce qui me permettra de gagner encore plus d'argent.

— Vous avez de l'ambition.

— Ça semble vous surprendre. Dans ce pays, les femmes ont les mêmes chances que les hommes, figurez-vous, souligna-t-elle d'un ton légèrement acerbe.

— C'est également le cas en Angleterre, où je vis, répliqua-t-il d'un ton posé. Cependant, vous vous imaginez sans doute qu'en tant qu'Arabe, je considère que la place des femmes est au harem. Eh bien, vous vous trompez. Même si l'idée d'avoir un harem rempli de femmes soumises est très alléchante pour un homme. Arabe ou pas.

— Vous êtes marié ?

Cette question échappa à Samantha avant qu'elle ait le temps de la retenir. Quelle idiote ! se réprimanda-t-elle aussitôt.

— Non, mais j'ai trois maîtresses, répondit-il avec le plus grand naturel.

— Trois ? Et elles s'accommodent de cette situation ? Mais elles ne sont pas au courant, je suppose.

— Si. Chacune connaît l'existence des deux autres et aucune ne s'est jamais plainte.

Samantha eut toutes les peines du monde à réprimer son indignation. De toute évidence, sa réputation de play-boy était largement méritée ! Mais tout de même, trois maîtresses en même temps c'était insensé !

— Et vous, Samantha ? Avez-vous quelqu'un dans votre vie ?

— Pas en ce moment.

— Vous n'aimez pas beaucoup les hommes, apparemment.

— Comment pouvez-vous dire ça ? protesta-t-elle avec véhémence. J'aime beaucoup les hommes, au contraire.

— Mais vous aimez encore plus les chevaux.

— Vous pouvez parler ! C'est vous qui aimez les chevaux plus que les femmes ! Du moins je l'espère pour eux. Si vous aimiez les femmes, vous les traiteriez avec plus de respect. Mais nous ferions mieux de changer de sujet avant que je vous fasse descendre de voiture et que je vous laisse sur le bord de la route. Puisque nous devons passer la journée ensemble, contentons-nous de parler de chevaux, d'accord ?

Elle jeta à Rachid un coup d'œil en biais. A en juger par son air interloqué, il ne savait pas trop comment prendre cette repartie. Pourquoi ne pas en profiter pour lui expliquer le fond de sa pensée ?

— Ecoutez, je veux bien reconnaître que j'ai mauvais caractère et qu'il m'arrive d'être très désagréable. Mais c'est parce que je ne peux pas m'empêcher de dire ce que je pense. Je suis toujours d'une franchise absolue, ce qui à mon sens est une qualité. Sachez que je vous apprécie, malgré ce que vous venez de m'apprendre sur votre mode de vie. Un homme qui aime les chevaux a forcément des qualités, même si, pour l'instant, je n'ai pas encore découvert les vôtres.

A présent, c'était d'un air abasourdi qu'il la considérait, constata-t-elle en lui jetant un regard furtif.

— Je vous promets de me montrer aimable et conciliante jusqu'à la fin de la journée si de votre côté vous me donnez votre parole de ne plus faire une seule allusion à vos mœurs de macho arriéré, ajouta-t-elle. Marché conclu ?

— Vous êtes vraiment impossible !

— Oui, mais c'est moi qui conduis. Alors, marché conclu ?

— Je n'ai pas des mœurs de macho arriéré !

— Vous couchez avec trois femmes en même temps.

— Pas du tout ! Je les vois toujours séparément !

— Oh, pardon. Ça change tout…

— Ah, vous voyez bien. Je ne suis pas un macho arriéré.

Samantha réprima un soupir. Inutile de poursuivre plus longtemps ce dialogue de sourds. De toute évidence, il trouvait tellement naturel de cumuler les maîtresses que son ironie lui avait échappé.

Pas étonnant qu'il éprouve une telle compassion pour Flèche d'Argent… Comment cet homme allait-il supporter trois semaines d'abstinence ? A moins qu'il se soit déjà octroyé les services d'une palefrenière pour réchauffer son lit. Ou de plusieurs… Certaines d'entre elles étaient très séduisantes.

A son grand dam, Samantha sentit son cœur se serrer. Dieu merci, ils étaient bientôt arrivés, constata-t-elle en s'engageant sur un chemin de terre parsemé de profondes ornières. Il était grand temps de se changer les idées !

Ces images de Rachid bondissant de lit en lit pour honorer l'une après l'autre une multitude de créatures de rêve étaient particulièrement déprimantes…

6.

Cléo avait raison. Les jardins de Valleyview Farm, très pittoresques, offraient un cadre idéal pour un pique-nique.

Le panier qu'elle avait préparé contenait un véritable festin. Salade composée, poulet froid, petits pains sortant du four, et gâteau à la carotte. Le tout arrosé de deux petites bouteilles de vin blanc gardées au frais dans un sac isotherme.

Après trois heures passées à examiner toutes les juments cochées sur le catalogue, Samantha et Rachid déjeunèrent sous un arbre dont le feuillage laissait filtrer quelques rayons de soleil.

Assise en tailleur sur un coin de la couverture, également fournie par Cléo, Samantha dégusta la dernière bouchée de sa part de gâteau.

— Hmm, c'était fantastique ! J'avais tellement faim que j'aurais pu manger un cheval !

— Alors, c'est une chance que Cléo nous ait préparé un déjeuner aussi copieux, répliqua Rachid, adossé à l'arbre, ses longues jambes étendues devant lui. Les chevaux sont très chers par ici. Surtout ceux que vous avez sélectionnés ce matin.

— Je pense au contraire que nous avons toutes les chances de les acquérir à un prix raisonnable.

Rachid but une gorgée de vin avant de déclarer :

— Je ne suis pas de cet avis.

— Ecoutez, je sais bien que ces juments sont toutes en excellente condition et que certaines d'entre elles se sont distinguées sur les champs de course, mais sérieusement…

Prenant un air de conspiratrice, Samantha baissa la voix pour que le petit groupe installé non loin d'eux ne l'entende pas.

— Les acheteurs ne se bousculent pas. Même s'il en arrive d'autres cet après-midi, je suis certaine que ces enchères nous permettront de faire de bonnes affaires.

— Nous n'assisterons pas aux enchères.

Rachid posa son verre sur la couverture et se leva.

— Pour quelle raison ? demanda Samantha avec perplexité.

Il se débarrassa de quelques brins d'herbe accrochés à son jean avant de répondre :

— J'ai déjà acheté les cinq juments que nous avons sélectionnées. Je les ai payées quand vous êtes allée chercher le panier dans le 4x4.

— Vous les avez déjà payées ? s'exclama-t-elle en bondissant sur ses pieds. Combien ?

— Deux millions de dollars.

— Deux millions !

Le cri étranglé de Samantha attira l'attention des piqueniqueurs voisins. Elle baissa de nouveau la voix.

— Elles ne valent pas plus de cent mille dollars chacune ! Et encore…

Les poings sur les hanches, elle foudroya Rachid du regard. Ce n'était pas parce qu'il était riche comme Crésus qu'il devait jeter l'argent par les fenêtres ! Surtout quand ce n'était pas le sien !

— Valleyview Farm a accepté de prendre en charge leur acheminement jusqu'aux Ecuries Royales de Dubar, précisa-t-il d'un air hautain.

— Vraiment ? Félicitations ! Mais à ce prix-là, ils auraient accepté de les expédier directement par avion jusqu'à Dubar !

Les yeux noirs de Rachid étincelèrent.

— Calmez-vous ! Ce n'est pas le moment de passer vos nerfs sur moi. Vous feriez mieux de ranger les affaires. Nous discuterons dans la voiture.

Samantha faillit suffoquer d'indignation. Pour qui se prenait-il ? Elle n'était pas sa domestique ! Mais avant qu'elle ait le temps de le lui faire remarquer, il s'éloigna à grands pas vers le parking.

Elle s'exécuta en l'agonisant mentalement d'injures. Impossible de tout laisser là. Ce serait trop injuste pour Cléo.

Elle rangea les affaires dans le panier avec des gestes brusques, ébréchant un verre au passage. Elle plia grossièrement la couverture, ramassa le panier et s'empressa de gagner le parking.

Rachid l'attendait à côté du 4x4, la mine sombre. Ils s'installèrent en silence sur leurs sièges, puis Samantha explosa.

— Quand on vient à une vente aux enchères, c'est pour faire des affaires ! Pas pour payer un prix supérieur à celui du marché ! Si j'avais su, je vous aurais dit combien valaient ces juments. Mais comment aurais-je pu deviner que vous n'en aviez aucune idée ? Je croyais que vous étiez un expert en élevage de chevaux de course !

C'était insensé, songea-t-elle avec perplexité. Quand ils avaient examiné les juments ensemble, elle avait été impressionnée par la pertinence de ses observations et par la complicité qui s'était immédiatement établie entre lui et les bêtes. Celles-ci semblaient envoûtées par ses caresses et par les paroles flatteuses qu'il leur murmurait à l'oreille.

Alors, pourquoi avait-il fait preuve d'une légèreté d'amateur en les payant un prix astronomique sans attendre les enchères ?

— Faire des affaires ne m'intéresse pas, déclara-t-il d'un ton crispé comme en réponse à cette question muette. Puisque je peux me permettre de payer le prix fort, je ne vois pas pourquoi je m'en priverais.

— Mais c'est au nom d'Ali que vous êtes venu à cette vente !

— Pour qui me prenez-vous ? s'exclama-t-il, visiblement offusqué. Je ne me permettrais jamais de gaspiller de l'argent qui ne m'appartient pas ! Il va de soi que je vais offrir ces juments à Ali.

Samantha sentit ses joues s'enflammer.

— Oh… Je suis désolée.

— J'espère bien ! Il ne vous arrive jamais de réfléchir avant de vous mettre à hurler ? Sachez qu'il n'est pas dans mes habitudes d'agir à la légère. Quand j'ai téléphoné à Ali hier, il m'a confié que la propriétaire de ce domaine connaissait de graves difficultés financières en raison des mauvais investissements effectués par son défunt mari. Deux millions de dollars ne représentent rien pour moi, alors que pour elle, c'est une chance de se sortir d'une mauvaise passe.

Au comble de la confusion, Samantha avait l'impression que tout son visage était la proie des flammes.

— Je vous renouvelle mes excuses, murmura-t-elle. Mais pourquoi ne m'avez-vous pas mise au courant ?

— Ce n'était pas prémédité. Au départ, je comptais assister à la vente et faire monter les enchères, toujours dans le but d'avantager la propriétaire du haras. Mais j'ai changé d'avis. Et pour être honnête — puisque vous semblez accorder une grande importance à l'honnêteté — si j'ai changé d'avis, c'est à cause de vous.

— De moi ? Je ne comprends pas.

— Oh, si. Je pense que vous comprenez parfaitement.

Rachid plongea son regard dans celui de Samantha.

— Je vous assure que je ne vois pas du tout de quoi vous

voulez parler, prétendit-elle en s'efforçant d'ignorer les battements frénétiques de son cœur.

— Je suis persuadé du contraire. Est-ce si embarrassant pour vous d'admettre que nous sommes irrésistiblement attirés l'un vers l'autre ?

Abasourdie, Samantha en resta bouche bée.

— Oseriez-vous nier que cette attirance est née dès notre première rencontre ? poursuivit-il en lui prenant le menton et en se penchant vers elle. Pourquoi ne pas profiter de cet après-midi de liberté pour faire plus ample connaissance ?

L'espace d'un instant, Samantha faillit succomber à la tentation d'offrir ses lèvres à Rachid. Mais dans un réflexe qu'elle ne maîtrisa pas, elle repoussa sa main d'un geste brusque et s'écarta de lui.

— Pour qui me prenez-vous ? Vous croyez vraiment que je vais croire à votre baratin ? Je ne suis pas dupe, figurez-vous. Je ne vous attire pas plus qu'une autre. En réalité, vous avez tout simplement le même problème que Flèche d'Argent. Vous avez quitté Londres et votre harem depuis plusieurs jours et l'abstinence commence à vous peser. Alors vous vous rabattez sur la première venue. Eh bien, laissez-moi vous dire qu'avec moi vous êtes mal tombé. Je n'ai pas l'habitude de me laisser manipuler par les hommes. Surtout par les machos imbus d'eux-mêmes !

Samantha se tut, à bout de souffle. Rachid était manifestement médusé par sa tirade.

A vrai dire, il n'était pas le seul… Que lui avait-il pris ? Etait-elle devenue folle ? Venait-elle vraiment de repousser l'objet de tous ses fantasmes ?

En quelques secondes, elle avait ruiné toutes ses chances. Après ce qu'elle venait de lui dire, il n'y avait aucun espoir qu'il renouvelle sa tentative. Dire qu'elle avait pris la résolution d'éviter les comportements autodestructeurs…

Prise de tremblements, elle ouvrit sa portière et bondit du 4x4, folle de rage contre elle-même.

— Je reviens dans cinq minutes. Ensuite, nous rentrerons au haras. Je vous déposerai devant la villa, puis je regagnerai directement mon pavillon. Vous pourrez dire aux autres que je souffre d'une indigestion. Je suis sûre qu'ils vous croiront. De toute évidence, vous êtes un excellent menteur !

Sur ces mots, elle pivota sur elle-même et s'éloigna d'un pas vif.

Rachid la suivit des yeux avec incrédulité. Jamais de toute sa vie personne ne lui avait parlé ainsi.

Personne n'avait jamais osé !

Pourquoi diable éprouvait-il un désir aussi intense pour cette fille étrange ? C'était un véritable mystère. Non seulement Samantha Nelson n'était pas d'une beauté renversante — bien qu'elle ait un charme certain — mais elle avait un caractère épouvantable.

Dès leur première rencontre, elle lui avait tenu tête.

Mais oui, bien sûr ! Voilà pourquoi elle l'obsédait depuis le premier jour ! comprit-il tout à coup.

Elle lui tenait tête.

Or les défis le stimulaient. Qu'un cheval se montre récalcitrant et il prenait un plaisir fou à le mater.

Mais avec les femmes, il n'avait jamais eu besoin de s'imposer. Elles lui tombaient toutes dans les bras au premier regard.

Samantha était la première à lui résister.

Il la vit réapparaître dans le rétroviseur. A en juger par sa démarche et son attitude, elle était toujours aussi remontée contre lui…

Quelle satisfaction ce serait de sentir cette bouche s'adoucir peu à peu sous ses baisers, puis y répondre avec fougue !

songea-t-il en observant les lèvres crispées de la jeune femme. Il promena sur elle un regard appréciateur. Comme il l'avait déjà remarqué, elle avait un corps parfait. Poitrine haute et ferme, taille fine, jambes longues et minces…

Nue, elle devait être fantastique.

Il réprima un juron. Bon sang ! Les images qui s'imposaient à son esprit avaient un effet impressionnant sur lui. Il ferait bien de penser à autre chose…

Toutefois, il n'en avait pas fini avec cette jeune femme rebelle. Tôt ou tard, elle serait à lui. Il suffisait juste de faire preuve d'un peu de patience.

Dommage qu'il dispose de si peu de temps… Dans moins de trois semaines, il repartait pour Londres, et vu les circonstances, il n'était pas question de modifier ses projets.

Mais avant son départ, il devait coûte que coûte mettre Samantha Nelson dans son lit.

Combien de temps lui résisterait-elle ? se demanda-t-il alors qu'elle ouvrait sa portière d'un geste brusque et s'installait au volant.

Sans le regarder ni lui adresser la parole, elle mit le contact et démarra.

L'air était toujours aussi électrique entre eux. L'attirance qu'il éprouvait pour elle était bien réciproque, songea Rachid avec satisfaction. Même si elle restait de toute évidence déterminée à la nier…

Soudain, il sentit des effluves fleuris, à peine perceptibles mais pourtant bien présents. Le soir du dîner, Samantha Nelson ne portait pas de parfum, se rappela-t-il. Pourquoi en avait-elle mis aujourd'hui ?

Parce qu'elle avait envie de le séduire, bien sûr.

Alors, pourquoi l'avait-elle repoussé ?

Pendant tout le trajet du retour, qui s'effectua dans un silence absolu, Rachid resta plongé dans un abîme de perplexité. Le comportement de Samantha n'avait aucun sens. A moins qu'elle soit adepte d'une religion interdisant les relations sexuelles avant le mariage… Ce qui expliquerait pourquoi elle avait été aussi indignée quand il avait fait allusion à ses trois maîtresses.

Mais curieusement, il ne croyait pas à cette hypothèse.

Non, la cause de son agressivité devait être plus personnelle. Peut-être avait-elle souffert à cause d'un homme. Un séducteur qui l'aurait trompée ou une brute qui l'aurait brutalisée.

Les chevaux maltraités devenaient souvent agressifs. Comme elle…

Alors qu'il étudiait cette possibilité, une autre idée surgit dans l'esprit de Rachid.

Et si elle était encore vierge ? Si elle était tout simplement terrifiée à l'idée de coucher avec un homme ?

Il lui jeta un coup d'œil furtif. Non, sûrement pas. Impossible que cette fille puisse avoir peur de quoi que ce soit. Même si elle était encore vierge.

Alors, pourquoi cette agressivité envers lui ?

Il n'en avait aucune idée. Une seule chose était certaine. Son attirance pour elle était partagée. Il connaissait trop bien les femmes pour se tromper sur ce point.

Pour sa part, il était sur des charbons ardents. Depuis leur première rencontre, son désir pour elle s'exacerbait au point de devenir une véritable obsession.

Même en proie à une migraine insoutenable, l'autre soir, il n'avait pas réussi à la chasser de son esprit.

Et bien sûr, l'éventualité d'une mort imminente ne faisait qu'accroître son envie de sentir contre le sien le corps frémissant de cette jeune femme rebelle.

De capturer sa bouche avec avidité.

De la couvrir de caresses jusqu'à ce qu'elle le supplie de la rejoindre…

Crispant la mâchoire, Rachid dut faire un effort surhumain pour garder son sang-froid.

Patience…

Samantha Nelson serait bientôt à lui.

7.

Vêtue d'un pyjama en pilou rose, Samantha était recroquevillée dans un coin de son salon. Elle avait un bol de chocolat chaud dans les mains et son visage ruisselait de larmes de dépit.

Le poêle répandait dans la pièce une chaleur d'autant plus agréable que la nuit promettait d'être froide. La télévision était allumée, mais elle ne la regardait pas.

Inlassablement, elle ruminait les mêmes pensées.

C'était sans espoir. Elle était irrécupérable... Jamais elle ne parviendrait à avoir des relations normales avec les hommes.

Le trajet du retour avait été un véritable supplice. Rachid ne lui avait pas adressé la parole. Et bien entendu, elle lui avait rendu la politesse, se murant dans un silence soi-disant offensé. Après l'avoir déposé devant la villa, elle avait regagné directement son pavillon.

Une fois chez elle, elle avait décroché le téléphone, éteint son portable, et s'était mise au lit tout habillée. Rabattant les draps sur sa tête, elle avait donné libre cours à son désespoir. Au bout d'un long moment, après avoir sangloté jusqu'à épuisement, elle s'était endormie.

Quand elle s'était réveillée, il faisait presque nuit. Elle s'était levée, avait allumé le poêle, puis s'était traînée jusqu'à la salle de bains où elle s'était plongée dans la baignoire en s'efforçant d'effacer cette journée désastreuse de sa mémoire.

Malheureusement, elle n'y était pas parvenue… Elle poussa un profond soupir et but une gorgée de chocolat. Que lui avait-il pris de réagir avec une telle agressivité quand Rachid avait évoqué leur attirance mutuelle ? se demanda-t-elle pour la énième fois.

Après tout, elle aurait dû être ravie d'apprendre qu'il partageait son désir. Alors, pourquoi s'était-elle répandue en invectives contre lui ?

Tout simplement parce qu'elle était lâche.

L'avait-il compris ou bien la prenait-il pour une folle furieuse ?

Si seulement elle pouvait remonter le temps…

Des coups frappés à la porte la firent tressaillir. C'était sûrement Cléo. Cette chère Cléo qui devait s'inquiéter parce qu'elle la croyait malade. Quelques mois plus tôt, alors qu'elle était réellement clouée au lit par un accès de fièvre, son amie était passée tous les jours pour lui apporter de la soupe.

Samantha posa son bol et se leva en essuyant ses larmes du dos de la main.

— J'arrive ! cria-t-elle quand de nouveaux coups retentirent.

En ouvrant la porte, elle eut l'impression de recevoir un coup à l'estomac. Elle qui croyait avoir touché le fond…

Sur le seuil se trouvait Rachid, vêtu d'un élégant pantalon beige et d'un pull vert pâle. Chaussé de mocassins de cuir beige, il était rasé de près et impeccablement coiffé.

Alors que de son côté, elle était en pyjama, nu-pieds, les cheveux en bataille, les yeux rouges et les paupières gonflées… Quelle humiliation !

— Que… que faites-vous là ? bredouilla-t-elle en s'efforçant d'ignorer le regard perplexe qu'il promenait sur elle.

— Cléo voulait vous apporter de la soupe avant de partir au club où elle et son mari passent tous leurs mercredis soir, répondit-il en indiquant la bouteille Thermos qu'il tenait à la main. Je lui ai proposé de m'en charger en lui disant que je voulais voir comment vous alliez.

— Vous êtes venu à pied ? s'exclama Samantha, stupéfaite.

Mais en jetant un coup d'œil derrière lui, elle aperçut la voiturette de golf que Norman utilisait pour transporter les bagages de l'héliport à la maison.

— Oh, je vois...

Pour se donner une contenance, elle prit la bouteille Thermos des mains de Rachid et la serra contre elle comme pour se protéger.

— Comme vous le voyez, je vais bien, dit-elle d'un ton crispé. Mais je vous rappelle que je n'ai jamais été malade.

— Non, vous n'allez pas bien, objecta-t-il, visiblement surpris. Vous avez pleuré.

— Et alors ? Ça ne vous regarde pas.

— Bien sûr que si. Vous allez m'expliquer ce qui vous arrive.

Elle lui bloqua le passage alors qu'il s'apprêtait à entrer.

— Je vous répète que ça ne vous regarde pas.

— Si vous ne vous écartez pas, je vais être obligé de vous porter à l'intérieur.

A son grand dam, elle sentit une vive chaleur l'envahir.

— Vous n'oseriez pas !

— Bien sûr que si. Je n'ai que peu de temps à passer ici et je n'ai pas l'intention de le gaspiller en jouant les gentlemen. Je sais que vous partagez mon désir, Samantha. Inutile de nier, je le sais, répéta-t-il en plongeant son regard dans le sien.

— Vous êtes complètement fou.

Allons bon, voilà qu'elle recommençait ! se reprit-elle

aussitôt. C'était elle qui déraillait. Il lui donnait une seconde chance et elle s'empressait de la gâcher !

— Allons, reconnaissez-le, insista-t-il d'une voix profonde qui la fit frissonner. Au fond de vous, vous brûlez d'envie que je vous prenne dans mes bras et que je vous porte jusqu'à votre chambre pour vous faire l'amour toute la nuit.

— Vous êtes vraiment très sûr de vous, n'est-ce pas ? dit-elle, le cœur battant à tout rompre.

— Oui, en effet. Mais ce n'est pas votre cas, apparemment. J'ai réfléchi à ce que vous m'avez dit cet après-midi. De toute évidence, vous pensez que si j'éprouve du désir pour vous, c'est uniquement parce que je suis en manque. Eh bien, vous vous trompez. Vous m'avez attiré dès le premier instant. Et je peux même vous assurer que je vous désire comme je n'ai jamais désiré aucune femme.

Samantha fut prise de vertige. Etait-il sincère ? Les accents passionnés de sa voix vibrante le suggéraient. Et même si ce n'étaient que des flatteries destinées à la séduire plus facilement, elle ne pouvait s'empêcher d'être transportée par ses paroles.

— Par conséquent, si vous êtes toujours déterminée à me repousser, je vous conseille de me le faire savoir maintenant, poursuivit-il d'un ton farouche. Parce qu'une fois que j'aurai posé les mains sur vous, il sera trop tard.

Parcourue de longs frissons, Samantha resta muette.

Lorsqu'il lui reprit la bouteille Thermos des mains pour la poser par terre, elle ne protesta pas. Lorsqu'il la souleva de terre, elle se laissa faire docilement.

Comme c'était bon de se laisser aller… Elle était submergée par un sentiment délicieux qu'elle n'avait jamais éprouvé auparavant.

Comme mus d'une volonté propre, les bras de Samantha se nouèrent sur la nuque de Rachid, et sa tête se nicha au creux de son épaule. Elle laissa échapper un petit soupir de volupté.

— Voilà qui est mieux, murmura-t-il en refermant la porte du pied.

Oui, songea-t-elle, grisée par les sensations toutes nouvelles qui l'envahissaient. Beaucoup mieux…

Il marqua une pause au milieu du couloir pour jeter un coup d'œil dans la chambre.

— Cette pièce est trop petite et trop froide, commenta-t-il en se dirigeant vers le salon.

Il déposa la jeune femme sur le tapis devant le poêle, et défit le premier bouton de sa veste de pyjama.

— Tu ne devrais pas porter ce genre de vêtements, lui dit-il d'une voix douce en ouvrant le deuxième bouton. Ta peau est faite pour la soie ou le satin.

Quand il atteignit le dernier bouton, Samantha fut gagnée par l'inquiétude. Qu'était-elle censée faire ? Le souvenir de ses deux aventures à l'université ne lui était d'aucun secours. Son manque d'expérience flagrant ne risquait-il pas de rebuter un expert tel que lui ?

Il fallait lui dire la vérité.

— Rachid…, murmura-t-elle d'une voix à peine audible.

— Oui ?

— Je… je n'ai pas beaucoup…

— C'est la première fois ?

— Non, mais…

— Ne t'inquiète pas, coupa-t-il en souriant. J'ai assez d'expérience pour deux.

Laissant sa veste de pyjama ouverte sans la lui enlever, il lui prit le visage à deux mains et s'empara de ses lèvres pour lui donner un long baiser d'une douceur infinie. Quand il s'écarta d'elle, un petit gémissement échappa à Samantha. Que se passait-il ? Pourquoi s'arrêtait-il ? S'il ne recommençait pas tout de suite à l'embrasser, elle allait mourir…

Comme s'il avait entendu sa prière muette, il déposa un

baiser sur ses lèvres, puis les lécha du bout de la langue et les mordilla doucement avant de s'écarter de nouveau.

Parcourue de longs frissons, Samantha tenait à peine sur ses jambes. Tout son corps brûlait d'une fièvre intense et une boule de feu tournoyait au creux de son ventre.

Les doigts de Rachid effleurèrent son cou et descendirent lentement entre les pans de sa veste ouverte. Elle sentit les pointes de ses seins se durcir, tandis que son cœur battait à un rythme effréné.

Il s'empara de nouveau de sa bouche et en força doucement l'entrée du bout de la langue. Au même instant, il glissa les mains sous sa veste et les posa sur ses seins.

Elle crut défaillir.

Tout en approfondissant son baiser, il pressa ses paumes sur les bourgeons hérissés, la mettant au supplice par des caresses de plus en plus appuyées. Poussant un petit cri étranglé, elle cambra les reins et se plaqua contre lui.

Aussitôt, la bouche de Rachid se détacha de la sienne et ses mains quittèrent ses seins.

— Attends ici, lui intima-t-il. Ne bouge pas. Je reviens dans quelques secondes.

Les jambes vacillantes, Samantha l'attendit avec une impatience fébrile.

A son grand soulagement, il tint sa promesse et revint presque aussitôt avec la couette qu'il avait prise sur son lit, dans sa chambre. Il l'étala sur le tapis devant le poêle, puis il se tourna vers elle avec un sourire contrit.

— Ce n'est pas le lit idéal, mais ça devrait être suffisamment chaud et confortable.

Samantha réprima un petit rire nerveux. De toute façon, elle ne risquait pas d'avoir froid ! Elle avait l'impression qu'à tout instant, des flammes risquaient de s'élever de son corps brûlant…

Debout à côté de la couette, il lui fit signe de le rejoindre.

Elle s'approcha de lui comme un automate. Les pans de sa veste de pyjama bougeaient à chacun de ses pas, effleurant ses seins dont les pointes étaient si hérissées qu'elles en devenaient presque douloureuses.

Les yeux noirs de Rachid promenaient sur elle un regard possessif qui accrut son trouble. Lorsqu'elle arriva près de lui, il écarta du bout des doigts les mèches qui lui barraient le front.

— J'aime tes cheveux quand ils ne sont pas attachés, murmura-t-il en se penchant pour déposer un baiser furtif sur ses lèvres. En revanche, je déteste ce pyjama. Je vais te l'enlever. N'aie pas peur.

Peur ? Etait-ce la peur qui faisait battre son cœur à tout rompre ? se demanda-t-elle confusément. Sûrement pas. C'était plutôt une excitation incroyable…

Elle retint son souffle, tandis qu'il écartait le tissu pour regarder sa poitrine. Son regard était indéchiffrable. Impossible de deviner si ce spectacle lui plaisait. Certes, elle n'avait aucune raison d'avoir honte de son corps, mais comment savoir quels étaient les goûts de Rachid ?

S'il n'aimait que les poitrines plantureuses et les ventres un peu ronds, il devait être déçu…

Sans un mot, il lui dénuda les épaules et sa veste tomba sur le sol. Il fit ensuite glisser son pantalon sur ses hanches en même temps que sa fine culotte de coton.

Entièrement nue, Samantha se raidit sous son regard scrutateur, tandis qu'il tournait lentement autour d'elle. Comme si elle était une jument mise aux enchères, songea-t-elle soudain. Etait-ce vraiment elle qui se prêtait docilement à cet examen ? Elle ne se reconnaissait pas. L'ancienne Samantha n'aurait jamais toléré un tel comportement.

Alors que la nouvelle Samantha — celle qui était née à

l'instant même où la bouche de Rachid s'était emparée de la sienne — éprouvait un plaisir étrange à ce petit jeu. Elle ne se lassait pas de sentir ces fantastiques yeux noirs se promener sur elle. Elle resterait même ainsi toute la nuit, exposée à son regard, s'il le lui demandait…

Tout à coup, sa voix profonde la fit tressaillir.

— Si je possédais un harem, tu y occuperais une place de choix, Samantha. Tu es faite pour le plaisir des hommes. Pour *mon* plaisir.

Il la souleva de terre et l'allongea sur la couette, étalant ses cheveux autour de son visage en une auréole dorée.

— Ne bouge pas, ordonna-t-il en se relevant. Et ne ferme pas les yeux. Je veux que tu me regardes me déshabiller.

Il ôta son pull d'un mouvement vif. La gorge sèche, elle fut éblouie par ses larges épaules, son torse puissant et ses bras à la fois fins et musclés.

Cependant, le plus fascinant c'était sa peau… D'un beau brun mordoré et presque entièrement dépourvue de poils, elle avait un aspect doux et soyeux qui donnait envie de la toucher.

Elle déglutit péniblement. Très envie…

Il défit sa ceinture d'un geste vif. Mais au lieu d'ouvrir le bouton et la fermeture Eclair de son pantalon, comme elle l'avait attendu le cœur battant, il s'assit sur le canapé pour enlever ses chaussures.

— Tu prends la pilule ? demanda-t-il en se relevant.

Elle secoua la tête. Mieux valait ne pas lui avouer qu'elle la prenait… D'ailleurs, c'était le moment d'aller chercher les préservatifs qu'elle gardait en réserve dans la salle de bains.

— De toute façon, ça n'a pas d'importance, dit-il en sortant justement un préservatif de sa poche.

Eh bien, en venant la voir, il était manifestement certain de parvenir à ses fins, songea-t-elle aussitôt. Mais pourquoi s'en offusquer ? Après tout, ne cherchait-elle pas un homme expérimenté pour s'initier aux subtilités de l'amour ? Elle avait devant elle le candidat idéal. De quoi aurait-elle pu se plaindre ?

D'autant que même dans ses rêves les plus fous, elle n'aurait jamais pu imaginer trouver un amant aussi splendide… et respectueux.

Retenant son souffle, elle le regarda finir de se dévêtir.

Ayant grandi entourée d'hommes, elle avait l'habitude de la nudité masculine. Ses frères, très sportifs, étaient tous bâtis en athlètes. Cependant, elle n'avait jamais vu un corps aussi sublime que celui de Rachid. Le modelé parfait des muscles, l'élégance des proportions et le velouté de la peau évoquaient une statue de bronze aux lignes d'une pureté admirable.

Et puis il y avait son sexe… D'une splendeur insolente, celui-ci se dressait fièrement, prêt à conquérir sa féminité.

Electrisée, Samantha eut l'impression de se liquéfier. Quand il la rejoignit sur la couette, elle faillit le supplier d'entrer en elle sans attendre.

Mais ses caresses la réduisirent au silence. Submergée par une foule de sensations divines, elle sombra dans un bain de sensualité brûlante. Il avait des doigts d'ange… Ou de démon ? Des doigts magiques, en tout cas.

Un petit cri étranglé s'échappa de la gorge de Samantha. Rachid venait d'aspirer entre ses lèvres la pointe d'un de ses seins. Jamais elle n'aurait cru possible un tel ravissement !

Mais très vite, son plaisir atteignit un nouveau palier.

Sans cesser d'aspirer et de lécher les bourgeons hérissés, Rachid glissa une main entre ses cuisses pour honorer sa fleur humide. Tout en la caressant, il enfonça un doigt dans son cœur brûlant.

Cambrant les reins, Samantha poussa un cri rauque.

Les lèvres de Rachid quittèrent son sein pour capturer sa

bouche, étouffant les cris qui suivirent. Avec une habileté diabolique, ses doigts poursuivaient leur exploration. Ils se mouvaient au même rythme que sa langue, entraînant Samantha toujours plus haut, vers le sommet de la jouissance.

Tout à coup, il s'écarta d'elle. Sa bouche s'arracha à la sienne, ses doigts quittèrent sa féminité. Elle crut défaillir de frustration.

Mais avant qu'elle ait le temps de protester, il la saisit par les hanches et la fit pivoter. Puis il l'obligea à se mettre à genoux et à cambrer les reins.

Le sentiment d'être une poupée de chiffon entièrement soumise à la volonté de Rachid décupla l'excitation de Samantha. Submergée par une vague de désir d'une puissance inouïe, elle sentit sa virilité, dure comme du marbre mais délicieusement chaude et palpitante, glisser sur ses reins avant de s'engouffrer en elle.

La maintenant par les hanches, il commença à aller et venir avec lenteur, se retirant presque entièrement avant de plonger de nouveau au plus profond de son intimité.

Samantha entendit un bruit étrange et ne comprit qu'au bout d'un moment que c'était elle qui en était la source. Un long gémissement modulé s'échappait de sa gorge…

Envahie tout entière par la passion incontrôlée qui montait en elle, elle s'en remettait entièrement à Rachid, s'abîmant avec volupté dans un océan de sensations pures.

Tout à coup, il s'immobilisa. Ses doigts coururent le long de son épine dorsale, écartèrent les cheveux qui masquaient sa nuque. Il se pencha sur celle-ci et la mordilla délicatement tout en lui caressant les seins, sans cesser son va-et-vient au cœur de sa féminité.

Puis il se redressa et agrippa de nouveau ses hanches, accélérant peu à peu le rythme. Les ongles de Samantha s'enfonçaient dans la couette. Elle vacillait au bord du précipice.

Et soudain, l'univers vola en éclats. La déflagration fut si violente qu'elle crut perdre conscience. Emportée dans une spirale de feu tourbillonnante, elle se laissa engloutir par le plaisir.

Elle ne reprit pied qu'un long moment plus tard, rompue, haletante, comblée. Et Rachid ? se demanda-t-elle. Avait-il été lui aussi balayé par cette explosion ? Comment le savoir ?

Malgré la langueur extrême qui semblait lui interdire tout mouvement, elle parvint à tourner la tête. Il était à genoux à côté d'elle, les mains sur les tempes. Dans ses yeux noirs, brillait une lueur étrange.

Ce regard n'était pas celui d'un homme comblé... L'estomac noué, elle roula sur le dos et se couvrit avec la couette.

— Ça ne va pas ? Est-ce que... j'ai commis une maladresse ? demanda-t-elle avec appréhension.

— Pas du tout.

Il eut un sourire crispé.

— A une autre époque, tu aurais occupé une place de choix dans mon harem. J'aurais fait de toi ma petite esclave d'amour préférée.

Loin de l'indigner, cette plaisanterie procura un vif soulagement à Samantha.

— Vraiment ?

— Oui. Je n'ai qu'une envie. Rester ici avec toi et te faire l'amour toute la nuit. Malheureusement, je vais être obligé de te laisser. J'ai un début de migraine et il faut que je rentre pour prendre un médicament. Sinon, demain, je ne serai bon à rien.

Il poussa un soupir.

— Ce n'est que partie remise, Samantha. Je te le promets.

Electrisée par le regard brûlant dont il l'enveloppait, elle frissonna.

— As-tu souvent des migraines ? demanda-t-elle alors qu'il se rhabillait.

— Non. Seulement de temps en temps. Ça va passer. Il suffit que je prenne un cachet sans attendre.

8.

Après le départ de Rachid, Samantha resta blottie sous sa couette devant le poêle. La douce euphorie laissait peu à peu place à une sourde inquiétude.

Quand et où allaient-ils de nouveau se rencontrer ? Il ne pourrait pas continuer à venir chez elle : les autres ne mettraient pas longtemps à comprendre l'objet de ses visites. L'anonymat était un privilège de citadins. A la campagne, rien ne passait inaperçu et les commérages se déclenchaient pour un rien.

Bien sûr, ils étaient tous les deux des adultes responsables, libres de vivre comme ils l'entendaient. Toutefois, si sa liaison avec l'ami du prince devenait de notoriété publique, elle risquait fort de perdre le respect de ses collègues. Ce qui compliquerait sa vie professionnelle, même si elle quittait le haras à la fin du mois. Le milieu de l'équitation n'était pas si vaste en Australie. Tout le monde se connaissait.

Beaucoup de palefrenières avaient des aventures sur leur lieu de travail et elle avait entendu ce que les hommes disaient d'elles. Pour sa part, elle ne supporterait pas d'être la cible de telles médisances.

Il était donc hors de question de rencontrer Rachid dans l'enceinte du haras.

Bien sûr, si elle se confiait à Cléo, celle-ci s'empresserait de trouver une solution pour qu'elle puisse se rendre dans la suite de Rachid en toute discrétion. Mais elle ne pourrait jamais se résoudre à lui demander ce genre de faveur.

Sans doute parce que Samantha la savait très bavarde…

A moins qu'elle ne craigne de voir l'incrédulité se peindre sur le visage de son amie quand celle-ci apprendrait que Rachid l'avait trouvée digne de partager son lit…

A vrai dire, elle n'arrivait pas à y croire elle-même. Comment pouvait-elle plaire à un homme comme lui ? Il prétendait avoir été attiré par elle dès leur première rencontre. Etait-ce bien vrai ? Et si oui, pourquoi ?

Serait-ce parce qu'elle n'avait pas hésité à lui dire ce qu'elle pensait, sans se soucier de lui plaire ? Peut-être appréciait-il les femmes rebelles.

Elle sentit ses joues s'enflammer. Rebelle, elle ne l'était pas restée très longtemps. Sa métamorphose avait même été spectaculaire. Ce soir, il avait fait d'elle ce qu'il voulait…

Dire qu'elle n'avait pas été choquée quand il l'avait comparée à une petite esclave d'amour ! Pire, elle avait été flattée ! Tout comme elle avait été ravie de s'abandonner à ses caresses et à ses baisers, prête à se plier à toutes ses exigences…

Au matin, Samantha se réveilla dans son salon. Comme on dormait bien après avoir fait l'amour avec un virtuose ! songea-t-elle en s'étirant avec volupté. Jamais elle ne s'était sentie dans une forme aussi éblouissante !

Dire qu'elle avait attendu toutes ces années pour découvrir ce plaisir fantastique… Elle comprenait mieux l'enthousiasme de certaines de ses amies, à présent.

Une vague de désir la submergea. Comme elle avait hâte de revoir Rachid ! De sentir de nouveau ses mains se poser sur elle. La couvrir de caresses…

Stop ! Il fallait absolument penser à autre chose.

Et se lever, par exemple.

Mais elle ne résista pas à l'envie de s'attarder dans le lit improvisé par Rachid en se remémorant certains épisodes de la nuit précédente. Envahie par une intense chaleur, elle laissa échapper un gémissement de frustration.

Comment allait-elle faire pour se concentrer sur son travail, aujourd'hui ? Allait-elle réussir à chasser Rachid de son esprit ? Il y avait peu de chances. Elle avait tellement envie de sentir sa force virile s'insinuer en elle et…

Stop ! Bondissant sur ses pieds, elle ramassa la couette et quitta précipitamment la pièce.

— On dirait que tu es encore patraque.

Samantha tressaillit. Gerald et elle étaient en train d'administrer un soin aux juments qui devaient mettre bas en août. Une tâche fastidieuse qui ne nécessitait pas une grande concentration. Si bien qu'elle avait l'esprit ailleurs…

Cependant, elle pouvait difficilement expliquer à Gerald la raison de sa distraction ! Il fallait donc continuer à prétendre qu'elle souffrait d'indigestion depuis la veille.

— Je ne suis pas encore tout à fait rétablie, en effet.

— Toujours mal à l'estomac ?

— Mmm. A la tête également.

Après tout, ce n'était pas loin de la vérité. Son cerveau ne lui laissait pas une seconde de répit. Il s'obstinait à lui imposer des images torrides d'elle et de Rachid, nus sur sa couette au milieu de son salon.

— Tu devrais prendre ton après-midi et aller t'allonger, poursuivit Gerald.

Elle réprima un soupir. S'allonger, c'était exactement ce dont elle rêvait !

Mais pas seule.

Et pas pour se reposer.

Tout à coup, elle crut que son cœur allait exploser dans sa poitrine : Rachid venait de surgir à l'entrée du paddock, à quelques mètres d'eux. La voiturette de golf, qu'il semblait avoir adoptée, était le véhicule le plus silencieux du haras et elle ne l'avait pas entendu arriver.

— Bonjour, dit-il en se hissant sur la clôture.

Vêtu d'un jean gris délavé et d'un gilet noir zippé en laine polaire, il était plus beau que jamais.

A son grand dam, Samantha sentit les pointes de ses seins se hérisser sous son pull.

Leurs regards se croisèrent. Rien dans ses yeux ni sur son visage ne laissait deviner ce qui s'était passé entre eux, constata-t-elle avec une pointe de dépit. De toute évidence, il avait un sang-froid à toute épreuve. Son cœur ne battait sûrement pas à un rythme aussi frénétique que le sien…

Mais après tout, il ne fallait pas oublier qu'à Londres, il avait trois maîtresses. Elle n'était qu'une aventure parmi d'autres. Une intérimaire, en quelque sorte. Une fille pas trop vilaine destinée à le distraire durant son séjour dans cet endroit beaucoup trop calme pour un séducteur tel que lui.

Par conséquent, il ne fallait pas s'emballer, se dit fermement Samantha. C'était un amant fantastique, mais il était de passage. Il avait besoin d'elle pour satisfaire sa libido, et elle avait besoin de lui pour apprendre tout ce qu'elle ignorait de l'amour. Point final.

Très bientôt, leurs chemins se sépareraient.

Raison de plus pour profiter pleinement des semaines à venir…

— Comment vous sentez-vous, aujourd'hui, Samantha ? demanda-t-il d'un ton neutre.

— Elle n'est pas dans son assiette, répondit Gerald avant

qu'elle ait le temps d'ouvrir la bouche. Son indigestion n'est pas terminée. Je lui ai dit de prendre son après-midi et d'aller s'allonger.

— Voilà qui me paraît une excellente suggestion, approuva Rachid. Si vous voulez bien me suivre jusqu'à la villa, Samantha, j'ai justement un remède idéal contre l'indigestion.

Il était vraiment diabolique, songea-t-elle, le cœur battant à tout rompre. Son visage était impassible et son regard dénué de la moindre étincelle. Pourtant, ses intentions étaient claires. Du moins pour elle... Elle fut parcourue d'un délicieux frisson. Cette invitation à mots couverts ajoutait du piment à la situation et décuplait son excitation. Qui n'en avait pourtant nul besoin...

— Par ailleurs, il y a un divan dans le jardin d'hiver, où la température est très agréable, poursuivit Rachid. Vous pourriez vous y allonger. Le pavillon de Samantha est froid et humide, précisa-t-il à l'adresse de Gerald. Je m'en suis rendu compte hier soir en allant lui porter la soupe que lui avait préparée Cléo. J'ai même pensé qu'elle serait mieux à la villa, dans une des chambres d'amis, mais je n'ai pas osé le lui suggérer.

Gerald s'esclaffa.

— Bien joué ! Notre Samantha n'apprécie pas les conseils. Surtout quand ils viennent d'un homme. N'est-ce pas, Sam ?

Elle eut un sourire crispé.

— Ça dépend.

— En tout cas, tu ferais bien de suivre celui de Rachid. Va avec lui, prends ce médicament et reste à la villa pour te reposer. Cléo veillera sur toi.

— En fait, Cléo ne sera pas là pour veiller sur toi, murmura Rachid quelques instants plus tard, quand Samantha et lui s'installèrent dans la voiturette de golf. Jeudi est son jour de shopping. Elle vient juste de partir et je me suis arrangé pour que Norman l'accompagne. Si bien que nous avons la villa pour nous tout seuls pendant au moins trois heures.

Elle pouffa.

— Tu es machiavélique ! Dépêche-toi de démarrer, j'ai hâte d'être là-bas.

— Tu es pressée d'arriver ?

— Bien sûr !

— Dans ce cas, je vais rouler lentement, dit-il en mettant le contact. Tu es très douée pour l'amour mais tu as beaucoup de choses à apprendre, Samantha. La patience en fait partie. Sache que l'attente accroît le désir et par conséquent le plaisir. Tu dois aussi apprendre à m'obéir. Souviens-toi que tu es ma petite esclave d'amour.

Samantha déglutit péniblement. Pourquoi cette idée l'excitait-elle à ce point ? Elle aurait dû la scandaliser, au contraire…

— Il n'est pas question que je devienne ton esclave ! lança-t-elle dans un sursaut de révolte.

— Ah, je retrouve avec plaisir ton côté rebelle. Mais ne t'inquiète pas. Je n'ai pas l'intention de t'imposer des jeux pervers. Je voudrais simplement te faire découvrir quel plaisir fantastique peut éprouver une femme en acceptant de se soumettre à la volonté de son amant, pour peu que celui-ci soit digne de confiance. As-tu confiance en moi, Samantha ?

— Oui.

C'était insensé, mais c'était ainsi, songea-t-elle avec perplexité. Elle connaissait à peine cet homme. Elle ne savait presque rien de lui. Et pourtant, il lui inspirait une confiance absolue.

Quelques instants plus tard, ils arrivèrent devant la villa. Rachid arrêta le moteur, descendit du véhicule et en fit le tour. Prenant Samantha par la main, il l'entraîna à travers le hall, vers l'aile où étaient regroupés les appartements du prince et des invités.

Samantha était déjà entrée une fois dans la suite qu'occupait Rachid. Elle avait aidé Cléo à la préparer avant l'arrivée de visiteurs. Pas par obligation, mais pour échapper à la solitude.

La suite comprenait trois pièces. Une chambre, une salle de bains attenante et un salon. Toutes les trois spacieuses, décorées avec goût et dignes d'un palace. Un lit gigantesque, une télévision par satellite à écran plat, une baignoire jacuzzi avec robinets en or dix-huit carats comptaient parmi les équipements les plus marquants.

— Je vais faire couler un bain, annonça Rachid dans le salon, en lâchant la main de Samantha.

— Je sens le cheval ? s'exclama-t-elle, sur la défensive.

— Pas du tout. Cependant, c'est une odeur que j'apprécie beaucoup, déclara-t-il d'une voix caressante. Un jour, nous ferons l'amour sur un cheval.

— Oh…

Une image s'imposa à l'esprit de Samantha. Rachid et elle nus sur la même monture. C'était elle qui tenait les rênes parce que les mains de Rachid étaient occupées à lui caresser les seins. Sa virilité se mouvait au plus profond d'elle au rythme du cheval lancé au galop, et…

— Mais pas aujourd'hui, poursuivit Rachid. Aujourd'hui, j'ai envie de prendre un bain avec toi, puis de te faire l'amour dans un vrai lit.

Elle fut parcourue d'un long frisson. De toute évidence, il avait un large éventail de scénarios à lui proposer, du plus classique au plus extravagant…

Soudain, elle eut l'impression qu'une poigne d'acier lui broyait le cœur. Tous ces scénarios, il les avait déjà joués avec d'autres femmes… Il avait pris des bains avec elles, leur avait fait l'amour sur des chevaux lancés au galop, dans des lits moelleux, sur des sols durs, et dans une foule d'autres endroits…

— Tu as déjà fait tout ça avec d'autres, n'est-ce pas ?

A peine ces mots eurent-ils quitté ses lèvres qu'elle se maudit intérieurement. Quelle idiote ! Pourquoi cette question stupide ? La réponse était si évidente ! Et elle n'avait aucune envie de l'entendre de sa bouche…

Il arqua les sourcils.

— Tu veux dire d'autres *femmes*, je suppose ?

Elle serra les dents et resta muette.

— Je ne peux pas nier que j'ai connu un certain nombre d'autres femmes, poursuivit-il d'un ton posé. Mais je ne vois pas où est le problème.

Il indiqua un placard encastré dans le mur, dont les portes de bois dissimulaient une kitchenette. Samantha le savait parce que le jour où elle avait aidé Cléo à préparer la suite, celle-ci l'avait chargée de remplir le réfrigérateur.

— Il y a tout ce qu'il faut pour faire du café ou du thé, là-dedans, déclara-t-il. Tu pourrais peut-être nous préparer une boisson chaude pendant que je fais couler notre bain.

— Non ! s'exclama-t-elle, frustrée par sa désinvolture. Je n'ai pas soif. J'ai envie que tu m'embrasses ! Tout de suite.

Rachid fut décontenancé. Ce mouvement de révolte doublé d'un aveu aussi spontané était désarmant.

Et très excitant…

C'était cela qui l'avait fasciné dès le début. L'impétuosité de cette jeune femme. Quand ses yeux bleus jetaient des étincelles et que ses lèvres sensuelles arboraient cette moue de défi, il avait envie de se jeter sur elle pour lui arracher ses vêtements et la prendre avec sauvagerie.

— Si je t'embrasse, je ne serai peut-être pas capable de m'arrêter là, avoua-t-il, soudain inquiet.

Jamais aucune femme ne l'avait mis dans un tel état ! Lui

qui se targuait de rester maître de lui en toutes circonstances, il sentait qu'un rien pouvait lui faire perdre son sang-froid.

Il était comme un volcan sur le point d'entrer en éruption…

— Et alors ? lança-t-elle en relevant le menton.

Il n'en fallut pas plus à Rachid pour céder au désir qui le tenaillait.

Il rejoignit Samantha, l'attira contre lui et s'empara de sa bouche avec une fougue qu'il ne se connaissait pas. Se plaquant contre lui, elle répondit à son baiser avec la même ardeur.

Il ne parviendrait pas à se contenir très longtemps, constata-t-il avec effarement. Lui qui était si fier de sa capacité à prolonger l'attente… Que lui arrivait-il ?

Il s'arracha à la bouche de Samantha. Mais devant son air hagard et ses pupilles dilatées de désir, il capitula.

Au diable sa fierté !

Devançant ses doigts fébriles, elle l'aida à la débarrasser de son pull et de son soutien-gorge, qui volèrent dans la pièce en un clin d'œil. La fermeture Eclair de son jean, en revanche, se coinça à mi-parcours. Renonçant à l'ouvrir entièrement, Rachid renversa Samantha sur le canapé et lui enleva simultanément bottes, jean et culotte.

Dès qu'elle fut entièrement nue, elle bondit sur ses pieds pour le dévêtir à son tour. Electrisé, il se laissa faire. Quand elle eut fini, il était dangereusement proche du point de non-retour. Bon sang ! Elle n'aurait pas dû en profiter pour lui prodiguer toutes ces caresses…

Il la prit par la taille, la souleva de terre et entra en elle d'un seul mouvement puissant. Puis il traversa la pièce à grandes enjambées en la maintenant fermement serrée contre lui. La plaquant contre le mur, il donna libre cours à sa frénésie, s'enfonçant de plus en plus profondément en elle à grands coups de reins.

Il entendit vaguement un cri. De douleur ou de plaisir ? Il n'en avait aucune idée et il s'en moquait. Il avait perdu toute retenue.

Cueilli par la jouissance en un temps record, il se répandit en elle avec un cri rauque. Ce fut seulement en savourant le plaisir extraordinaire de sentir sa semence inonder l'intimité de Samantha qu'il prit conscience d'avoir brûlé une étape. Il avait oublié le préservatif !

Mais au même instant, elle le rejoignit dans la jouissance. Les ondes sismiques de la vague qui déferla en elle se répercutèrent en lui, le privant de nouveau de toute conscience.

Les regrets furent longs à venir. Mais quand ils finirent par le submerger, Rachid se maudit.

Samantha allait être furieuse contre lui. Et avec raison. Même si son impatience et ses caresses avaient une grande part de responsabilité dans ce qui venait de se passer. S'imaginait-elle vraiment qu'un homme normalement constitué pouvait garder le contrôle de lui-même quand il était soumis à de telles sollicitations ?

« Pourtant, jusqu'à aujourd'hui tu as toujours réussi à te maîtriser, quelles que soient les circonstances », lui souffla une petite voix intérieure.

Un petit soupir s'échappa des lèvres de Samantha.

Rachid ouvrit les yeux. Par quel miracle tenait-il encore debout ? Peut-être parce que tout son corps prenait appui sur le mur, écrasant Samantha au passage…

— Ça va ? demanda-t-il piteusement.

Elle ouvrit les paupières et un sourire imperceptible étira ses lèvres.

— Oui, très bien.

— J'ai oublié d'utiliser un préservatif.

Comment avait-il pu faire preuve d'une telle inconscience ?

se demanda-t-il de nouveau, de plus en plus atterré au fil des minutes.

Il ne voulait pas d'enfant. Il en voulait d'autant moins qu'il n'était pas sûr d'être encore en vie dans quelques semaines.

— J'avais remarqué, murmura-t-elle.

Elle était bien désinvolte… Beaucoup trop désinvolte… Rachid eut l'impression de recevoir un coup de poing dans l'estomac. Non ! Il ne venait tout de même pas de se faire prendre au piège le plus grossier qu'une femme pouvait tendre à un homme ?

Etait-ce l'objectif qu'elle poursuivait depuis le début ? Lui faire perdre la tête pour lui imposer une grossesse ?

Elle ne serait pas la première femme à utiliser cette tactique. Il avait déjà failli tomber dans ce genre de traquenard quinze ans auparavant. Le fait d'avoir frôlé la catastrophe l'avait rendu extrêmement prudent. Depuis, il n'avait jamais commis un seul faux pas.

Jusqu'à aujourd'hui.

Il scruta le visage de Samantha. Que cachait cette façade d'ingénuité ?

D'ordinaire, il repérait les femmes cupides au premier coup d'œil. Difficile d'imaginer que Samantha appartenait à cette catégorie. Toutefois, il était mieux placé que personne pour savoir que certaines étaient capables de toutes les ruses pour prendre dans leurs filets un homme possédant une fortune comme la sienne.

— Si tu avais remarqué, pourquoi ne m'as-tu pas arrêté ? demanda-t-il d'un ton acerbe.

Samantha tressaillit. Pourquoi cette pointe de mépris dans la voix de Rachid ?

— Personne ne t'a obligé à te conduire comme un sauvage, il me semble, répliqua-t-elle avec vivacité.

Il se retira d'elle et la déposa brutalement sur le sol.

— Tu as plus d'expérience que tu ne le prétends, n'est-ce pas ? Avoue que tu m'as menti.

— Pas du tout ! protesta-t-elle avec véhémence.

Mais presque aussitôt, elle se mordit la lèvre. Ce n'était pas tout à fait exact. Elle n'avait pas été entièrement honnête avec lui.

— La culpabilité se lit sur ton visage.

Le ton accusateur de Rachid la révolta.

— Ce n'est qu'un minuscule mensonge par omission ! Un mensonge qui devrait d'ailleurs te soulager.

Il eut un rictus sarcastique.

— Vraiment ?

— Je prends la pilule, mais j'ai préféré ne pas te le dire.

Pourquoi cet aveu ne semblait-il pas rassurer Rachid ? se demanda-t-elle avec perplexité.

— Je ne te crois pas, assena-t-il d'une voix glaciale.

— Quoi ?

— Tu as parfaitement entendu.

Elle le foudroya du regard.

— En effet. Mais il m'a fallu quelques secondes pour me persuader que je n'avais pas rêvé. A présent que j'en suis convaincue, je n'ai qu'une chose à te dire. Va au diable ! Et ne m'adresse plus jamais la parole.

Samantha se précipita vers le canapé.

— Malheureusement, j'ai besoin d'utiliser ta salle de bains avant de partir, ajouta-t-elle rageusement en ramassant ses vêtements. Je tiens à me débarrasser de toute trace de toi avant de sortir d'ici.

Tremblante de colère, elle croisa les bras sur ses vêtements pour masquer sa nudité.

— Pas parce qu'il y a la moindre chance que je sois enceinte de toi. Mais parce que je ne supporterais pas de garder plus longtemps en moi la preuve que je me suis donnée corps et âme à un homme qui me méprise. Comme il méprise toutes les femmes.

Sur ces mots, Samantha pivota sur elle-même et gagna la salle de bains.

9.

Assis sur le canapé, Rachid buvait du thé en attendant que Samantha sorte de la salle de bains. Certain que la porte était verrouillée, il n'avait pas tenté de l'ouvrir. De toute façon, il était inutile d'essayer de lui parler tant qu'elle était aussi furieuse contre lui, avait-il décidé.

Il s'était donc habillé et avait préparé du thé. La douche avait coulé pendant un long moment. A présent, c'était le silence, mais Samantha n'avait toujours pas réapparu.

Il fallait reconnaître qu'elle avait touché un point sensible, songea-t-il en portant sa tasse à ses lèvres. Son comportement vis-à-vis des femmes laissait parfois à désirer.

Il éprouvait à leur égard une méfiance maladive. Malheureusement, il avait des raisons de se montrer aussi soupçonneux. Certes, toutes les femmes n'étaient pas intéressées. Mais la plupart changeaient d'attitude dès qu'elles prenaient conscience de l'étendue de sa fortune. Elles devenaient soudain prêtes à tout pour se marier avec lui.

Heureusement, ses maîtresses londoniennes faisaient exception à la règle. Toutes les trois riches et indépendantes, elles menaient une existence privilégiée qui les comblait. Epouser un milliardaire ne faisait pas partie de leurs fantasmes.

Les relations qu'il entretenait avec elles étaient épisodiques et strictement sexuelles. Samantha semblait choquée par ce mode de vie, mais il était honnête avec elles. Il ne leur avait jamais rien promis et n'avait jamais fait croire à aucune d'elles qu'elle était la seule femme dans sa vie.

N'étant pas amoureuses de lui, elles ne souffraient pas de cette situation.

Et s'il ne survivait pas à son opération, leur chagrin — à supposer qu'elles en éprouvent — s'apaiserait rapidement.

D'ailleurs, s'il mourait, personne ne le pleurerait. Pourquoi prétendre le contraire ? Il n'avait pas de famille proche, pas de femme, pas d'enfants.

Seul Ali souffrirait de sa disparition. Mais la vie de famille et sa passion pour les chevaux lui apportaient un tel bonheur, qu'un jour ou l'autre, il finirait sans doute par oublier qu'il avait eu à une époque un ami nommé Rachid.

Non, ce n'était pas vrai. Ali avait donné son prénom à son fils. Son souvenir subsisterait toujours dans la mémoire de son ami.

A cette pensée, Rachid sentit son cœur se gonfler d'une émotion étrange. Pas étonnant que la plupart des êtres humains tiennent tant à avoir des enfants qui continuent de vivre après eux.

Après eux…

Les doigts de Rachid se crispèrent sur sa tasse. Il ne voulait pas mourir.

Il ne voulait plus mourir…

Non qu'il ait jamais eu envie de mourir, bien sûr. Mais quand le neurochirurgien lui avait annoncé son diagnostic, il n'avait pas été dévasté par le désespoir. A vrai dire, il avait même éprouvé un certain soulagement. Une toute petite voix enfouie au plus profond de lui-même lui avait soufflé que la mort serait une délivrance. Qu'elle lui permettrait d'échapper enfin à la solitude et aux idées noires qui l'assaillaient chaque matin au réveil.

Mais curieusement, les pensées de ce genre l'avaient complètement déserté depuis son arrivée en Australie.

Etait-ce dû au dépaysement ?

Ou bien au désir obsédant que lui inspirait une certaine vétérinaire aux yeux bleus et aux longs cheveux blonds ?

— Monsieur s'est abaissé à préparer lui-même son thé ?

Il tressaillit et faillit renverser sa tasse. Debout dans l'encadrement de la porte, les mains sur les hanches, Samantha le toisait d'un air sarcastique. Ses cheveux humides étaient noués en queue-de-cheval et ses yeux bleus lançaient des étincelles.

— Oh, inutile de te lever, dit-elle d'un ton acerbe quand il posa sa tasse. Je devrais pouvoir me débrouiller toute seule. La marche à pied est excellente pour la santé. Au fait, la prochaine fois que tu auras Ali au téléphone, dis-lui que je démissionne. Je suis prête à renoncer à mes indemnités de fin de contrat pour pouvoir partir d'ici dès demain matin.

Pétrifié, Rachid s'efforça de réprimer la vague de panique qui le submergeait. Allons, du calme… Il n'allait tout de même pas perdre son sang-froid deux fois en si peu de temps !

« Laisse-la partir, lui souffla la voix de la raison. Cette fille est une source de complications dont tu n'as vraiment pas besoin. »

Mais son corps l'incita à ignorer la raison. Non, impossible de la laisser partir. Son désir pour elle était beaucoup trop fort… S'il ne lui restait que quelques semaines à vivre, il voulait les vivre avec elle.

D'ailleurs, n'avait-il pas fait dès ce matin le projet de l'emmener à Sydney pour le week-end ? Il fallait absolument la faire changer d'avis et la convaincre de l'accompagner.

Samantha vit Rachid se lever lentement. Manifestement, son esprit était en ébullition.

Elle serra les poings.

— Voyons, Samantha, tu n'as aucune raison de donner ta démission, dit-il d'une voix rauque.

— Je ne peux pas continuer à travailler ici. Pas après ce qui vient de se passer. De toute façon, j'avais l'intention de partir fin juin. Je ne fais qu'avancer mon départ.

Il la considéra avec surprise.

— Tu ne te plais pas, ici ?

— Non. Je préfère Sydney. Il est inutile de perdre ton temps à essayer de me faire changer d'avis. Ma décision est prise.

— Au contraire, j'espère de tout cœur réussir à te convaincre de rester. Pour commencer, je te prie d'accepter mes excuses. Je me suis comporté comme un mufle doublé d'un imbécile. Je n'aurais jamais dû mettre ta parole en doute. Je sais que tu es incapable de mentir. Tu accordes trop d'importance à l'honnêteté.

Samantha resta muette de stupeur. A en juger par sa mine contrite, il était sincère…

— Ma seule excuse est d'être depuis toujours la cible de femmes sans scrupules, poursuivit-il. Cela me rend extrêmement soupçonneux. Mais j'ai eu le temps de réfléchir pendant que tu étais dans la salle de bains et je suis convaincu que tu n'as jamais eu d'intention cachée en ce qui me concerne.

Samantha sentit ses joues s'enflammer. Allons bon, il allait sûrement se demander pourquoi elle rougissait. D'ailleurs, son regard était de nouveau plein de suspicion…

— Que signifie cet air coupable ? demanda-t-il d'un ton vif. Avais-tu une intention cachée ? Laquelle ? Est-ce parce que ton objectif est atteint que tu veux t'en aller ?

Effarée, elle secoua la tête avec frénésie.

— Non ! Ce n'est pas ce que tu crois !

— C'est quoi, alors ?

Elle soupira.

— Oh, ne m'oblige pas à me ridiculiser, s'il te plaît.

— Je veux que tu t'expliques.

— Eh bien… je… je trouvais que tu étais l'homme idéal pour m'initier à l'amour.

Il haussa les sourcils.

— Si j'ai eu cette idée, c'est parce que tu m'attirais, bien sûr, s'empressa-t-elle de préciser. Pas seulement parce que tu es un homme expérimenté. Quant à la pilule, tu ne peux pas m'en vouloir de t'avoir caché que je la prenais. Je savais que tu avais trois maîtresses à Londres. C'est normal que j'aie voulu éviter de prendre des risques.

Elle eut une petite moue penaude.

— Même si tout à l'heure, je me suis montrée aussi irresponsable que toi.

— Ne t'inquiète pas, tu ne cours aucun risque. J'ai subi un bilan médical complet juste avant de quitter Londres. A part mes migraines, tout était parfait. Mais pourquoi prends-tu la pilule ?

Elle ouvrit de grands yeux.

— Pourquoi cette question ?

— Simple curiosité. Si tu n'as pas une vie sexuelle régulière, pourquoi prendre la pilule ?

— C'est une longue histoire.

— Je t'écoute.

— Tu ne me crois toujours pas, c'est ça ?

Pas entièrement, reconnut Rachid intérieurement. C'était plus fort que lui. Il ne pouvait pas s'empêcher d'être sceptique.

— Je veux juste savoir pourquoi, insista-t-il.

— Eh bien, c'est dommage pour toi, parce que je n'ai pas l'intention de te l'expliquer. Sur ce, je m'en vais. Au revoir.

Il lui barra le passage.

— Je ne veux pas que tu t'en ailles.

— Ça m'est complètement égal. Laisse-moi passer.

— Non.

— Je vais crier.

Il sourit.

— Personne ne t'entendra.

Croisant les bras, elle le fusilla du regard.

— Tu ne me fais pas peur.

— Je crois que si, au contraire.

Il s'approcha d'elle et la prit par les épaules, scrutant son visage.

— Est-ce ton habitude de saisir n'importe quel prétexte pour prendre la fuite quand un homme s'intéresse à toi ? Samantha, je te demande de rester, s'il te plaît. Je te renouvelle mes excuses, et si tu n'as pas envie de m'expliquer pourquoi tu prends la pilule, je n'insisterai pas.

— Je n'en ai pas envie, confirma-t-elle avec une mine boudeuse.

Mais elle décroisa les bras.

De toute évidence, sa résolution faiblissait, comprit Rachid. Il suffirait de presque rien pour qu'elle s'abandonne de nouveau à lui. A cette pensée, il fut envahi par une joie intense. Son sang se mit à bouillonner dans ses veines. Oui ! C'était ce dont il avait besoin. Le désir irrépressible qu'il éprouvait pour elle lui donnait le sentiment exaltant d'être bien vivant.

— Mais tu as toujours envie que je t'initie à l'amour, n'est-ce pas ? demanda-t-il d'une voix douce.

Elle crispa la mâchoire, mais une lueur révélatrice s'alluma dans ses yeux. Rachid jubilait. C'était presque gagné…

— Allons, sois honnête, insista-t-il.

— Je suppose, oui, reconnut-elle, visiblement à contrecœur. Mais je ne supporte pas la méfiance.

— Je comprends. Je te promets de ne plus jamais mettre ta parole en doute. Et j'ai une proposition à te faire… J'avais prévu de t'emmener à Sydney pour le week-end. En fait, j'ai déjà fait préparer l'hélicoptère d'Ali. Il viendra nous prendre demain matin. Ali a mis sa suite du Regency Hotel à ma disposition. En un week-end, je peux t'apprendre une foule de choses. Dimanche soir, tu ne seras plus la même.

Le cœur battant à tout rompre, Samantha déglutit péniblement. Comment résister à une telle tentation ? Passer tout un week-end au lit avec Rachid dans la suite anonyme d'un palace de Sydney... Quelle fête !

— Mais... que vais-je dire aux autres ? Je ne veux pas qu'ils sachent que toi et moi...

— Pour une fois, tu pourrais peut-être consentir à mentir, suggéra-t-il, les yeux pétillants de malice. Tu pourrais par exemple raconter que tu dois aller à Sydney pour consulter ton médecin de famille. Tu m'as bien dit que tu avais grandi à Sydney, non ? Ton père et tes quatre frères y vivent toujours, je crois ?

Samantha plissa le front avec perplexité. Curieux... Elle ne se souvenait pas lui avoir jamais parlé de sa famille.

— Oui, ils habitent Sydney, confirma-t-elle.

— Parfait. Tu n'auras qu'à dire que tu en profites pour rendre visite à ta famille. Tout le monde trouvera naturel que je te fasse profiter de l'hélicoptère.

Samantha sentait monter en elle une excitation grandissante. Il avait déjà commandé l'hélicoptère... Une fois de plus, il n'avait pas douté qu'elle se plierait à sa volonté. Elle aurait sans doute dû s'en agacer, mais à vrai dire, elle en était incapable. La perspective de ce week-end était trop grisante !

— Alors, qu'en dis-tu ? demanda-t-il.

Il lui demandait quand même son avis ! nota-t-elle avec dérision.

— J'en dis qu'il faut absolument que j'aille à Sydney ce week-end pour consulter mon médecin et rendre visite à ma famille.

Il éclata de rire, puis la prit dans ses bras et l'embrassa

longuement. Quand il finit par s'arracher à ses lèvres, Samantha avait complètement oublié que quelques minutes plus tôt, elle était fermement décidée à quitter le haras dès le lendemain pour ne plus jamais le revoir.

— Quelle heure est-il ? demanda-t-elle d'une voix rauque.

— Un peu plus de 13 heures.

— A quelle heure Cléo et son mari doivent-ils rentrer ?

— Pas avant 15 heures.

— Dans ce cas, nous avons le temps de... ?

Il rit de nouveau et déposa un baiser sur ses lèvres.

— As-tu envie de dépasser le stade de l'initiation pour découvrir toutes les subtilités de l'amour ?

— Oui, je suppose, répondit-elle sans trop savoir à quoi il faisait allusion.

— Tu te souviens que tout à l'heure, je t'ai dit que tu devais apprendre la patience ? C'est l'occasion où jamais. Pendant ce week-end, nous aurons tout le loisir de faire l'amour aussi souvent et aussi longtemps que nous en aurons envie. Eh bien, si nous nous abstenons jusqu'à notre arrivée à Sydney, je peux t'assurer que ta jouissance en sera démultipliée. Retarder le moment d'assouvir son désir est un préliminaire d'une efficacité redoutable. L'attente et l'anticipation nourrissent les fantasmes. Penses-tu souvent au sexe, Samantha ?

— En permanence, depuis que je t'ai rencontré, avoua-t-elle, les joues en feu.

Rachid eut un sourire sexy qui l'électrisa.

— Je le prends comme un compliment. Et à quoi penses-tu exactement ?

— Je ne peux pas te le dire !

— Mais si. Parler de sexe avec son partenaire est encore plus excitant que d'y penser. As-tu déjà pratiqué le sexe par téléphone ?

— Je te rappelle que je n'ai pas beaucoup d'expérience.

Il secoua la tête.

— C'est très étonnant. Tu as un tel tempérament... Viens. Assieds-toi sur le canapé. Je vais te servir un verre de vin et nous allons bavarder.

— Juste bavarder ?

— Il se peut que je te soumette à des petits supplices de mon cru, répliqua-t-il en prenant une bouteille de vin dans le réfrigérateur.

Les jambes tremblantes, Samantha se laissa tomber sur le canapé. Si seulement il pouvait lui faire l'amour, là, tout de suite ! Elle en avait tellement envie...

— Quel genre de supplices ? demanda-t-elle, pleine d'espoir.

— Je pourrais t'attacher, par exemple.

Elle faillit s'étrangler.

— Tu ne vas pas faire ça ?

— Non. Pas aujourd'hui, répondit-il en ouvrant la bouteille et en versant du vin dans deux verres.

Il les posa sur la table basse et s'assit à côté d'elle.

— Aujourd'hui, je vais me contenter de t'expliquer pourquoi tu vas aimer être attachée.

Il prit un verre et l'approcha des lèvres de Samantha. La gorge sèche, elle but une gorgée de vin.

— Essaie de t'imaginer, allongée, nue, les poignets et les chevilles entravés. Tu es incapable de bouger.

Elle déglutit péniblement. Il lui fit boire une nouvelle gorgée avant de poursuivre.

— Bien entendu, tu as entièrement confiance dans l'homme qui vient de t'attacher et l'idée d'être à sa merci ne t'angoisse pas le moins du monde. Tu le connais bien et tu sais qu'il ne cherche que ton plaisir. Donc, tu ne peux ni te dérober à ses caresses ni l'obliger à te toucher. Et encore moins le toucher toi-même. C'est lui qui mène le jeu. Il peut te faire l'amour ou bien te faire attendre. Te faire basculer à maintes et maintes reprises dans le gouffre de la volupté, jusqu'à ce que tu te dissolves de plaisir. Ou bien, s'il est suffisamment habile, te maintenir en équilibre au bord du précipice en retardant indéfiniment le moment de t'y propulser.

Rachid posa le verre sur la table et se pencha sur Samantha.

— Lequel de ces deux scénarios te tente le plus ? murmura-t-il contre ses lèvres.

Elle déglutit péniblement.

— Lequel ? insista-t-il.

— Les deux, répondit-elle, parcourue d'un long frisson.

Oui ! songea triomphalement Rachid. C'était gagné.

— Pendant tout ce week-end, tu seras mon esclave d'amour, déclara-t-il d'une voix caressante, en reprenant le verre.

— Tu me promets de ne jamais me faire mal ?

— Jamais ! s'exclama-t-il, choqué que cette pensée puisse effleurer l'esprit de Samantha. Je ne te donnerai jamais que du plaisir !

Il l'embrassa dans le cou. Bon sang ! Il la désirait comme un fou ! Parviendrait-il à se contenir jusqu'à l'arrivée à Sydney ?

— Ne me fais pas attendre, Rachid ! supplia-t-elle soudain. Fais-moi l'amour ! Ici. Maintenant. Je te promets de me plier à tous tes caprices pendant tout le week-end. Mais par pitié, ne me fais pas attendre jusqu'à demain. J'ai trop envie de toi.

Il crispa la mâchoire.

— Il ne faut pas me dire ce genre de choses.

— Je ne peux pas m'en empêcher. Je suis en manque de toi. C'est comme une drogue… Tu crois qu'un jour je serai guérie ?

— As-tu envie de guérir ? demanda-t-il d'une voix rauque en la soulevant dans ses bras pour l'emporter dans la chambre.

— Oui. Non… Je ne sais pas. Je n'ai plus les idées claires. Une seule chose est sûre. J'ai envie de toi. En permanence.

10.

— Tu sais, je crois que Rachid t'aime bien.

Samantha arqua les sourcils d'un air qu'elle espérait indifférent.

— A mon avis, répondit-elle, tu te fais des idées.

Rachid avait annoncé à Cléo que la jeune femme devait consulter son médecin à Sydney et qu'il lui avait proposé de l'emmener en hélicoptère. Cléo, inquiète pour la santé de son amie, s'était précipitée au pavillon.

Samantha l'avait rassurée en inventant des problèmes féminins sans gravité qu'elle préférait exposer à la femme qui la suivait depuis son adolescence, plutôt qu'au médecin d'un certain âge de la ville voisine. Pour faire bonne mesure, elle avait ajouté que ce serait une excellente occasion de rendre visite à sa famille.

Installées à la table de la cuisine, les deux amies buvaient un café.

— Je sais ce que je dis, insista Cléo. Il n'arrête pas de me poser des questions à ton sujet.

Le cœur de Samantha s'affola dans sa poitrine.

— Quel genre de questions ?

— Il m'a interrogée sur ton milieu, ta famille.

— Que lui as-tu dit ?

— Juste l'essentiel. Que ta mère était morte peu de temps

après ta naissance et que tu avais été élevée dans une famille de garçons.

— Je vois.

Voilà comment il avait appris qu'elle avait des frères, songea Samantha. Entre autres choses, sans doute. Cléo ne s'en tenait jamais à « l'essentiel »...

— Il avait l'air inquiet, l'autre soir, quand tu as eu ton indigestion. Au fait, tu as aimé ma soupe ? demanda Cléo.

— Elle était délicieuse.

Samantha l'avait retrouvée sur le seuil du pavillon, le lendemain matin, et l'avait mangée au petit déjeuner.

— Merci, Cléo. Tu es vraiment très attentionnée.

— J'essaie.

— C'est une qualité qui se fait rare, de nos jours.

— Pas tant que ça. Rachid, par exemple. Lui aussi il est attentionné.

— Tu trouves ?

— Regarde ce qu'il a fait pour Martha Higgins.

— Qui est Martha Higgins ?

— La propriétaire de Valleyview Farm. Rachid n'était pas obligé de lui payer ses juments aussi cher. Norman a discuté avec Trevor, qui lui a dit qu'elles valaient beaucoup moins.

— Comment Trevor sait-il combien Rachid les a payées ? Il le lui a dit ?

— Mon Dieu, non ! Trevor l'a appris par l'ami d'un ami. Tu sais comment c'est ici, ma chérie. Impossible de garder un secret, à la campagne. Bref, j'en ai parlé à Rachid. Il m'a dit qu'Ali lui avait expliqué la situation de cette femme et qu'il avait eu envie de faire un geste pour elle.

— Il en a largement les moyens.

— Il y a des tas de gens qui ont les moyens et qui ne font jamais rien pour les autres. Il n'était pas non plus obligé de te proposer de t'emmener à Sydney en hélicoptère. Pourquoi es-tu aussi sévère avec lui ? C'est bizarre, je croyais que tu l'aimais bien.

Samantha haussa les épaules.

— Oui, je l'aime bien. Mais je ne vais pas lui embrasser les pieds parce qu'il m'emmène en hélicoptère !

Cléo s'esclaffa.

— Je ne t'imagine pas embrassant les pieds d'un homme !

Samantha eut un sourire crispé. Si Cléo savait…

— Es-tu excitée à l'idée de monter dans l'hélicoptère d'Ali ? demanda son amie.

Samantha réprima un soupir. En fait, elle s'efforçait de ne pas penser à ce voyage. Dès qu'elle s'y risquait, elle était submergée par une foule de sensations extrêmement perturbantes.

A coup sûr, elle n'allait pas fermer l'œil de la nuit…

— Tu n'aurais pas des somnifères, par hasard, Cléo ?

— Oh, mon Dieu, tu ne dois vraiment pas te sentir bien pour vouloir des somnifères ! Oui, j'en ai. Le médecin m'en a prescrit l'année dernière quand j'ai eu des insomnies à répétition.

Samantha n'écoutait plus Cléo que d'une oreille distraite. Son esprit était accaparé par le souvenir des derniers moments passés avec Rachid dans l'après-midi. Dans sa chambre, il l'avait déposée sur le lit, puis il lui avait fait l'amour avec une fougue qui l'avait comblée. Ensuite, il l'avait portée dans la salle de bains et l'avait longuement savonnée sous la douche.

De retour dans la chambre, il l'avait rallongée sur le lit et l'avait emportée vers de nouveaux sommets de volupté en soumettant la fleur de sa féminité aux caresses diaboliques de sa langue.

Puis, il lui avait demandé de prendre dans sa bouche sa virilité frémissante et de le conduire à son tour jusqu'à la jouissance. Elle y avait pris un plaisir inimaginable…

— Tu veux venir dîner à la villa, ce soir ? proposa Cléo, la tirant de sa rêverie. Je suis sûre que Rachid serait ravi.

Cléo se trompait. Rachid avait décidé qu'il valait mieux qu'ils ne se revoient pas avant de monter dans l'hélicoptère.

— Tu sais, parfois j'ai l'impression qu'il est très seul, ajouta Cléo.

Le cœur de Samantha se serra douloureusement. C'était vrai. Rachid était très seul... en Australie. D'autant plus seul qu'à Londres il avait trois maîtresses. C'était uniquement pour cette raison qu'il éprouvait du désir pour elle. Elle n'était qu'un pis-aller...

— Merci pour ta proposition, Cléo, mais je crois qu'il vaut mieux que je ne mange pas trop ce soir. Surtout si je dois prendre l'hélicoptère demain. En revanche je vais t'accompagner jusqu'à la villa pour récupérer ce somnifère.

Samantha se leva. Cléo en fit autant, visiblement à contrecœur.

— Rachid est à la villa ? demanda Samantha d'un ton désinvolte, tandis qu'elles rejoignaient leurs véhicules respectifs.

— Non. Il est allé monter son étalon fou. Et il a prévu de le monter de nouveau demain matin avant de partir, pour qu'il se tienne à peu près tranquille pendant le week-end. D'après ce que Ray a dit à Norman, ce cheval est vraiment très nerveux. Il paraît que c'est le genre d'étalon qui a besoin de saillir plusieurs juments par jour.

Comme son propriétaire, songea Samantha en ouvrant la portière de son 4x4. Nul doute que Rachid n'attendrait pas qu'ils soient arrivés à Sydney pour lui faire de nouveau l'amour. Il recommencerait dans l'hélicoptère. C'était évident. Il lui avait dit comment s'habiller pour le voyage. Une jupe. Sans rien dessous. Et pas de soutien-gorge non plus. Elle devrait être entièrement nue sous ses vêtements.

Un long frisson la parcourut.

Vivement demain...

11.

— Tu es magnifique, murmura Rachid d'un air admiratif quand ils furent seuls dans le salon privé de l'hélicoptère.

« Pas autant que toi », répondit silencieusement Samantha, trop éblouie pour pouvoir émettre le moindre son.

Sous la veste droite à un seul bouton de son élégant costume noir, un pull à col roulé vert amande mettait en valeur le teint hâlé et les boucles brunes de Rachid.

Il était fascinant.

Et visiblement fasciné par elle, constata-t-elle avec une joie immense.

Il était vrai qu'elle avait sorti le grand jeu. Se préparer pour ce week-end lui avait pris une grande partie de la soirée de la veille et toute la matinée. Epilation, lait hydratant sur tout le corps, vernis à ongles, maquillage, brushing. Elle n'avait rien laissé au hasard.

Même si elle avait eu quelques difficultés à trouver des vêtements appropriés… Sa garde-robe ne contenait pratiquement que des jeans. Quant aux tenues achetées pour ses vacances sur la Gold Coast, elles étaient trop estivales pour le climat de Sydney et pas assez sophistiquées pour un week-end aussi spécial.

Pour le voyage, elle avait choisi une longue jupe noire, fendue sur le devant jusqu'au genou, et un corsage de soie grenat au décolleté plongeant. Des bottes qu'elle possédait depuis des années mais qui ne s'étaient jamais démodées complétaient sa tenue.

Elle avait jeté sur ses épaules son éternel blouson de cuir noir pour effectuer le trajet en voiture jusqu'à l'héliport et parcourir à pied la centaine de mètres qui séparait le parking, où elle avait garé son 4x4, de l'hélicoptère. Même avec le blouson, elle offrait une image tout à fait inhabituelle. Si Cléo l'avait vue, les yeux lui seraient sortis de la tête !

Heureusement, son amie était absente. Rachid leur ayant judicieusement donné leur week-end, Norman et elle étaient partis tôt dans la matinée à Port Macquarie chez la mère de Norman.

Rachid attendait Samantha à l'intérieur de l'appareil. C'était le pilote qui l'avait débarrassée de son sac de voyage et l'avait aidée à monter à bord. L'espace d'un instant, elle avait eu très peur qu'un coup de vent ne fasse voler sa jupe, révélant qu'elle était entièrement nue dessous.

Mais heureusement, cette humiliation lui avait été épargnée.

L'intérieur de l'hélicoptère était aménagé avec un luxe et un raffinement dignes d'un manoir anglais. Murs lambrissés, somptueux sièges de cuir et moquette ultraépaisse.

Etait-elle en train de rêver, ou bien s'apprêtait-elle vraiment à voyager dans ce décor de rêve en compagnie de cet homme sublime ? se demanda-t-elle, un peu étourdie.

La voix profonde de Rachid lui apporta la confirmation qu'elle ne rêvait pas.

— Je vois que tu as obéi à mes consignes.

— Comment le sais-tu ? s'exclama-t-elle, stupéfaite.

Elle n'avait même pas enlevé son blouson !

— Une femme bouge différemment quand elle est nue sous ses vêtements.

— Oui, en effet. Avec précaution.

Un sourire étira les lèvres sensuelles de Rachid.

— Mais tu aimes ça.

— Non, pas vraiment. Je me sens trop vulnérable.

— Et pourtant, ça t'excite.

Un long frisson parcourut Samantha. Curieusement, il avait raison…

Rachid lui enleva son blouson et le posa sur un siège. Puis il la prit par le bras et l'entraîna vers deux fauteuils de cuir crème disposés côte à côte. Entre eux, sur une petite table, étaient posées deux coupes de champagne et un soliflore de cristal contenant une rose rouge, dont les pétales immenses et veloutées, étaient d'un rouge écarlate tirant sur le noir.

— Quelle rose extraordinaire ! s'exclama Samantha en s'asseyant dans le premier fauteuil, je n'en ai jamais vu de semblable.

— Elle a été baptisée Carmen en hommage à l'héroïne de l'opéra.

— Elle est très…

— … sensuelle. As-tu remarqué que ton siège est muni d'une ceinture de sécurité ? Je vais t'attacher.

Quand il se pencha sur elle pour boucler la ceinture sur son ventre, elle crut qu'il allait l'embrasser, mais il n'en fit rien.

Il se redressa, s'assit dans le siège voisin et s'attacha à son tour avant de décrocher le téléphone qui se trouvait à proximité, afin de prévenir le pilote qu'ils étaient prêts pour le décollage. Après avoir raccroché, il prit les deux coupes sur la table.

— J'ai oublié de te demander si tu aimais le champagne, dit-il en lui en tendant une.

— Oui, beaucoup.

Elle but une longue gorgée. S'enivrer légèrement semblait une bonne idée…

Soudain, elle sentit l'appareil se soulever. Sa main libre se crispa instinctivement sur l'accoudoir de son siège, mais le décollage s'effectua en souplesse et dans le plus grand silence.

— On n'entend aucun bruit ! s'étonna-t-elle.

— L'isolation est parfaite. Et comme tu peux le voir, il n'y a pas d'ouvertures sur l'extérieur.

Elle promena autour d'elle un regard ébahi. Comment ne s'en était-elle pas aperçue plus tôt ?

— Quel dommage ! La vue doit être fantastique.

Rachid pressa un bouton sur le pupitre de commande intégré à l'accoudoir de son fauteuil. Un téléviseur que Samantha n'avait pas remarqué non plus s'alluma en face d'eux et le paysage qu'ils survolaient apparut à l'écran.

— La sixième chaîne est connectée à une caméra fixée sous l'appareil, expliqua-t-il.

— C'est très impressionnant, mais si je regarde ça pendant trop longtemps, je vais avoir le mal de l'air.

Il éteignit le téléviseur.

— De toute façon, j'ai à te parler.

Lui parler ? songea Samantha avec frustration. Ce n'était pas du tout ce qu'elle attendait de lui ! Ne se doutait-il donc pas qu'elle était sur des charbons ardents ?

Elle brûlait d'envie de remonter sa jupe et d'exposer à son regard la fleur de sa féminité… Elle voulait qu'il promène longuement sur elle ses yeux étincelants, puis qu'il la couvre de caresses diaboliques avant d'entrer en elle pour lui faire l'amour jusqu'à en perdre le souffle.

Parler ? Non. Cela pouvait attendre.

— Je devine à ta mine déçue que tu préférerais jouer à des jeux érotiques, poursuivit-il. Ton souhait sera bientôt exaucé. Je te le promets.

Les joues en feu, Samantha s'agita sur son siège.

— Mais d'abord, je voudrais te dire quelques mots… A l'adolescence, j'étais un drogué du sexe. Je ne pensais qu'à ça et j'assouvissais mon désir avec frénésie. Vers vingt ans, j'ai eu une relation avec une femme plus âgée que moi, qui m'a très vite annoncé que mon physique avantageux ne m'empêchait pas d'être un amant déplorable. Elle a ajouté que pour satisfaire une femme, il fallait avoir un peu plus de délicatesse qu'un bélier en rut.

Samantha observait Rachid avec perplexité. Pourquoi lui racontait-il tout ça ? Quel rapport avec elle ? Il avait de toute évidence fait des progrès considérables depuis ses vingt ans. Alors, pourquoi revenir sur le passé ? Assez de paroles. Des actes !

Malheureusement, il semblait déterminé à raconter son histoire jusqu'au bout…

— Piqué au vif par ses critiques, je me suis mis à lire tout ce que je pouvais sur le sexe. Le *Kama Sutra* m'a particulièrement éclairé. L'as-tu déjà consulté ?

Elle secoua la tête.

— Je t'en offrirai un exemplaire. Cependant, j'ai découvert d'autres traités érotiques moins connus, mais encore plus riches d'enseignements. La plupart écrits par des Chinois. Ceux-ci sont devenus maîtres dans l'art de la retenue. Avec de la pratique, ils parviennent à une telle maîtrise d'eux-mêmes qu'ils sont capables de faire l'amour à leur femme toutes les nuits pendant une semaine sans se laisser gagner par la jouissance. Quand ils s'autorisent enfin à y succomber, leur plaisir est mille fois plus intense, paraît-il.

L'air interloqué de Samantha arracha un sourire à Rachid.

— Bien sûr, je ne prétends pas atteindre de tels sommets, mais l'expérience m'a appris que retarder la satisfaction du désir procure des sensations fortes. Si je m'abstiens de te toucher avant que nous arrivions à Sydney, ton désir sera décuplé quand nous ferons enfin l'amour. Et quand tu atteindras le point de non-retour, ton plaisir sera si violent qu'il t'arrachera des hurlements. Ça ne te tente pas ?

Samantha continuait de fixer Rachid, de plus en plus effarée. Ne comprenait-il donc pas que d'un instant à l'autre, elle allait se mettre à hurler de frustration ?

— Oui, peut-être… Enfin, non… pas vraiment. Je veux dire… Tout ça me paraît très intéressant en théorie, mais je ne suis pas aussi sophistiquée que toi, Rachid. Pour l'instant, je préférerais m'en tenir à des pratiques plus classiques. Pour être claire, si tu continues à me faire languir, je vais devenir folle.

Il eut un sourire ravi.

— J'avais prévu cette réaction. Ton tempérament impétueux s'accommode mal de l'attente.

Il détacha sa ceinture et se leva.

— Rappelle-toi cependant que tu t'es engagée à m'obéir pendant tout le week-end. Es-tu prête à tenir cette promesse ?

— Oui.

Que lui réservait-il ? se demanda Samantha, le cœur battant à tout rompre.

Il lui prit sa coupe des mains, puis la dévêtit en commençant par ses bottes, qu'il lui ôta lentement, agenouillé devant elle. Puis ce fut au tour de son corsage, qu'il dut dégager de la ceinture de sécurité avant de le faire passer par-dessus sa tête. Il termina par sa jupe, qu'il fit glisser sur ses jambes.

Samantha fut parcourue d'un long frisson. Elle était enfin nue… Contre sa peau brûlante, le cuir du fauteuil était frais et incroyablement doux. La ceinture de sécurité ceignait sa taille, la retenant captive sur son siège. Rien ne l'empêchait de la détacher, mais elle n'en éprouvait pas le besoin.

Rachid écarta la petite table qui se trouvait entre les deux fauteuils, puis il tourna autour du siège de Samantha en examinant celle-ci d'un air appréciateur, comme il l'avait fait au pavillon. Tout à coup, il actionna un levier. Le dossier s'abaissa et Samantha se retrouva allongée.

Il fit de nouveau le tour de son siège, puis il s'agenouilla devant elle et lui écarta délicatement les cuisses. Electrisée, elle crispa les doigts sur les accoudoirs. Il contempla pendant un long moment sa fleur humide, qui frémissait dans l'attente de ses caresses.

Consumée par un feu dévorant, Samantha anticipait la suite. Allait-il plonger un doigt dans le cœur de sa féminité ? Ou bien explorer celle-ci du bout de la langue ? Cette incertitude était un supplice aussi délicieux qu'insupportable…

Rachid fit la seule chose à laquelle elle ne s'attendait pas. Il prit la rose dans le soliflore et la promena longuement sur tout son corps. Ses caresses subtiles déclenchèrent en elle une foule de sensations exquises, lui arrachant des petits gémissements extatiques.

Ceux-ci s'intensifièrent quand les pétales veloutés s'attardèrent sur ses seins, frôlant tour à tour les deux bourgeons hérissés, traçant les contours des aréoles dilatées, se pressant sur les pointes durcies, avant de descendre vers le ventre pour y dessiner des cercles concentriques.

Ondulant des hanches, les yeux mi-clos, Samantha ne s'appartenait déjà plus.

— Rachid, s'il te plaît…, supplia-t-elle d'une voix rauque.

Poursuivant leur descente, les pétales veloutés gagnèrent la fleur humide et s'écrasèrent sur le pistil gorgé de nectar, déclenchant une explosion d'une violence inouïe. Emportée dans un tourbillon inexorable, Samantha sombra dans le néant du plaisir physique.

Lorsqu'elle rouvrit les yeux, un long moment plus tard, elle constata que Rachid avait disparu.

Le cerveau embrumé, elle céda un bref instant à l'affolement. Où était-il passé ? Pourquoi l'avait-il laissée ?

Mais très vite, elle se reprit et sa respiration s'apaisa. Il ne pouvait pas être bien loin…

Elle tentait vainement de détacher sa ceinture de sécurité quand il réapparut, sortant d'une des deux portes masquées par les lambris.

— Laisse-moi faire, dit-il d'une voix douce.

Il la délivra et l'aida à se rhabiller.

Puis il la prit dans ses bras et l'embrassa avec ferveur.

12.

Depuis le spacieux salon de la suite d'Ali, au Regency Hotel de Sydney, Rachid observait Samantha. Debout sur la terrasse, elle promenait autour d'elle un regard ébloui. Comme si c'était la première fois qu'elle séjournait à l'hôtel. Ou qu'elle voyait le port de Sydney.

Il fallait reconnaître que la suite d'Ali était particulièrement luxueuse. Et la vue exceptionnelle. Surtout sous les rayons du soleil couchant, qui incendiaient l'Opéra et le célèbre pont.

Samantha le rejoignit en sautillant et le prit par la main.

— Viens sur la terrasse ! La vue est fantastique !

— Je la connais, répliqua-t-il en refusant de sortir de son inertie.

Il était en proie à une profonde perplexité. Pourquoi cette femme l'attendrissait-elle à ce point ?

— Quand es-tu venu ici ? demanda-t-elle.

— Il y a quelques années. Nous avions passé tout un week-end aux courses avec Ali… A propos, demain après-midi nous irons à Randwick. Le matin, nous ferons les boutiques pour t'acheter une tenue appropriée et quelques bricoles.

— Quel genre de bricoles ? demanda-t-elle, les yeux brillants.

Il prit un air faussement sévère.

— Ne pose pas de questions, petite esclave d'amour. Va plutôt nous faire couler un bain pendant que je commande à dîner.

— Dois-je également défaire tes bagages ? s'enquit-elle en faisant de son mieux pour prendre un air soumis.

Mais une lueur malicieuse dansait dans ses grands yeux bleus. Rachid réprima un sourire.

— Le maître d'hôtel s'en est déjà chargé.

— Ah, oui. Le dévoué Antoine. Pas étonnant que tu sois blasé, à force de vivre en permanence dans le luxe. Regarde cet hôtel. Pour ma part, je n'ai jamais séjourné dans un endroit aussi fastueux.

— C'est un hôtel correct, acquiesça Rachid.

— Correct ! Je n'ai jamais vu des meubles aussi magnifiques ! Et je ne parle pas des tapis. Ni des tableaux !

— Ce sont des copies, fit-il valoir avec un coup d'œil dédaigneux aux célèbres œuvres de Renoir et de Picasso.

— Quelle importance ? Ils sont quand même magnifiques !

Rachid poussa un soupir faussement exaspéré.

— Finalement, je ne crois pas que tu sois faite pour le rôle d'esclave d'amour. Celui de maîtresse te conviendrait peut-être mieux. Les maîtresses ont le droit d'exprimer leurs opinions. Pas les esclaves sexuelles.

— Je ne pourrais pas jouer les deux rôles ?

Il roula les yeux.

— Comment ça, les deux ?

— Je jouerais la maîtresse en public et l'esclave d'amour en privé. Pour sortir, tu m'habillerais chez les grands couturiers et tu me couvrirais de diamants, mais au lit tu continuerais à me mener à la baguette.

Rachid se raidit.

— Tu veux que je te couvre de diamants ?

Elle était comme les autres, finalement… Comment avait-il

pu être assez naïf pour imaginer le contraire ? La métamorphose s'amorçait déjà. A peine arrivée dans un palace, elle voulait déjà des diamants !

— Pourquoi pas ? répliqua-t-elle d'un ton enjoué. Tu pourrais également m'offrir un ou deux chevaux de course. Moi aussi, j'ai des goûts de luxe, figure-toi !

Submergé par une amère déception, Rachid crispa la mâchoire. Dire qu'il l'avait vraiment cru différente... Quel idiot !

Un éclat de rire le fit tressaillir.

— Oh, Rachid ! Si tu voyais ta tête !

— Tu plaisantais ?

— A ton avis ? Tu n'as pas encore compris que j'étais une femme indépendante ? J'aime m'acheter mes vêtements moi-même, avec l'argent que j'ai gagné en travaillant. Pas en m'allongeant dans le lit d'un milliardaire. Je t'ai déjà expliqué que je considérais ce week-end comme une parenthèse enchantée. Si pour toi la routine consiste à passer son temps dans les palaces à inventer des scénarios érotiques, pour moi, la vraie vie est ailleurs.

Le soulagement de Rachid était mêlé d'irritation. Elle n'était pas intéressée, tant mieux. Mais pourquoi se permettait-elle de le juger en permanence ? Et surtout, pourquoi éprouvait-il systématiquement le besoin de se justifier ?

— Je ne passe pas mon temps dans les palaces à inventer des scénarios érotiques, protesta-t-il d'une voix crispé.

A vrai dire, il ne se souvenait même pas quand il avait emmené une femme en week-end pour la dernière fois...

Samantha eut un sourire mutin.

— Remarque, je reconnais que tous tes petits jeux sont particulièrement plaisants. Et très efficaces. Tu avais raison. J'ai déjà l'impression d'être une autre femme. Je me sens beaucoup plus sûre de moi. Les esclaves sexuelles sont-elles censées avoir de l'assurance ? demanda-t-elle, les yeux pétillants de malice.

A son grand dam, Rachid sentit son cœur faire un étrange bond dans sa poitrine. Décidément, il était sur une mauvaise pente : la situation lui échappait. Samantha était là pour satisfaire sa libido, pas pour semer la confusion dans son esprit. Ni dans son cœur…

— Les esclaves sexuelles sont censées obéir sans discuter, rétorqua-t-il d'un ton brusque. Va faire couler ce bain et installe-toi dans la baignoire. J'arrive dans un instant.

— Bien, maître, dit-elle en réprimant visiblement à grand-peine un fou rire. A vos ordres, maître.

Dès qu'elle eut quitté la pièce, celle-ci parut horriblement vide à Rachid.

« Et ta vie te paraîtra plus vide encore quand elle en sera sortie », lui souffla une petite voix intérieure.

Il réprima un juron. Quelle vie ? Il serait sans doute bientôt mort !

« Justement. Ce n'est pas le moment de tout compliquer, reprit la petite voix. De toute façon, pour Samantha, tu n'es rien d'autre qu'un coach d'un genre particulier. Ce n'est pas parce qu'elle apprécie tes petits jeux érotiques qu'elle éprouve pour toi de l'amour ou du respect. »

Il serra les dents. Cette dernière pensée était particulièrement désagréable. Il avait l'habitude d'être respecté.

Ou plutôt non. Il avait l'habitude qu'on lui fasse des courbettes. Ce qui n'avait rien à voir. C'était son argent que les gens révéraient. Pas lui.

Par moments, il avait sa fortune en horreur. Dans le testament qu'il avait rédigé récemment, il avait laissé tous ses chevaux de course à Ali et le reste de ses biens à la recherche sur le cancer.

Mais s'il survivait ? Peut-être ferait-il mieux de se débarrasser de tout son argent. Et de revenir en Australie, de commencer une nouvelle vie…

Conquérir le corps de Samantha Nelson était une chose. Conquérir son cœur et gagner son respect s'annonçait beaucoup plus ardu.

Par ailleurs, elle voulait qu'il lui apprenne tout de l'amour en un week-end. C'était une autre gageure. Serait-il à la hauteur ?

Il se massa les tempes en soupirant. A vrai dire, il n'en était plus si sûr. Il se sentait très las, tout à coup.

Samantha versa de l'huile de bain parfumée dans l'immense baignoire à ras du sol, tout en sifflotant.

Dès l'instant où elle était descendue de ce stupéfiant hélicoptère pour mettre le pied sur le toit de ce palace incroyable, elle avait pris une résolution et elle comptait bien s'y tenir. Elle allait profiter pleinement de ce week-end de rêve sans se poser de questions.

Puisqu'elle avait la chance inouïe de pouvoir vivre un fantasme absolu, il fallait en savourer chaque instant. Ce genre de miracle ne se produisait qu'une seule fois dans une vie.

Tout, depuis son arrivée au Regency Hotel, renforçait le sentiment d'irréalité qu'elle avait commencé à éprouver à bord de l'hélicoptère. Les deux agents de sécurité qui les avaient escortés jusqu'à la suite, le maître d'hôtel personnel d'Ali qui les avait accueillis sur le seuil… et la suite elle-même, dont le luxe insensé dépassait tout ce qu'elle aurait pu imaginer dans ses rêves les plus extravagants !

Bien sûr, il y avait dans un coin de son esprit, une question dont elle ne parvenait pas à faire totalement abstraction. Une fois de retour dans la vie réelle, elle se passerait aisément de l'hélicoptère et du palace. En revanche, le plaisir fabuleux que lui prodiguait Rachid lui manquerait atrocement. C'était une évidence. Retrouverait-elle un jour un bonheur aussi complet dans les bras d'un autre homme ?

Mais c'était précisément le genre de question qu'elle devait éviter de se poser. Elle verrait bien le moment venu.

Pendant que l'eau coulait, elle se déshabilla. Dire que dans quelques instants elle serait allongée dans la mousse en compagnie de Rachid...

Quand la baignoire fut pleine, elle se plongea avec délectation dans les bulles parfumées. L'eau était à la température idéale... Combien de femmes avaient-elles partagé le bain de Rachid ? se demanda-t-elle soudain. Un nombre incalculable, sans aucun doute. Alors, inutile de commencer à imaginer qu'elle était spéciale à ses yeux.

Et inutile également de continuer à se poser ce genre de question, se morigéna-t-elle. N'avait-elle pas décidé de profiter pleinement de ce week-end sans se torturer l'esprit ?

Au même instant, Rachid pénétra dans la salle de bains.

— Notre dîner sera servi dans deux heures. Ça nous laisse le temps de prendre notre bain tranquillement.

Il se déshabilla en un clin d'œil et s'installa face à elle. La baignoire était si grande que leurs pieds ne se touchaient même pas. Il renversa la tête en arrière en poussant un soupir. Il avait les traits tirés, constata-t-elle, tandis qu'il étendait les bras sur le rebord de la baignoire.

— Tu parais fatigué, dit-elle.

Il poussa un nouveau soupir.

— Oui, un peu. Je n'aurais peut-être pas dû faire galoper Flèche d'Argent avec une telle énergie, ce matin.

— Et si je te faisais un massage après le bain ? Ça te détendrait. Tu pourrais même faire un petit somme.

Il éclata d'un rire sonore.

— Tu crois vraiment que si tu me masses je vais m'endormir ?

Pour ma part, j'en doute. Mais je reconnais que ta proposition est tentante. Tu sais faire de vrais massages de pro ?

— En tout cas, j'en ai une certaine expérience. Quand je jouais au football, j'avais une séance de massage hebdomadaire.

— Tu as joué au football ?

— Oui. Et aussi au cricket et au football australien. Mon père et mes quatre frères, tous plus âgés que moi, étaient très sportifs. Comme je n'avais aucune envie de rester seule à la maison, j'ai suivi le mouvement.

— Je vois.

— C'est d'ailleurs pour cette raison que j'ai commencé à prendre la pilule.

Il arqua les sourcils.

— Je ne comprends pas.

— Pour résumer, disons que le sport à haute dose a provoqué un léger dérèglement hormonal que le médecin a décidé de rectifier en me prescrivant la pilule. J'étais ravie parce mes seins ont enfin atteint une taille acceptable, ajouta-t-elle avec une moue de dérision.

— Tes seins sont magnifiques. Tout ton corps est magnifique.

Confuse, Samantha sentit ses joues s'enflammer.

— Tu exagères.

— Pas du tout. Je suis sincère. Et je suis sûr que tu plais aux hommes, contrairement à ce que tu as l'air de penser. Allons, avoue. Je suis sûr que beaucoup d'hommes t'ont fait des avances.

— Il y en a eu un. Un homme avec qui j'ai travaillé, ici, à Sydney.

— Et… ?

— Il m'a dit qu'il m'aimait.

— Mais encore ?

— Il était marié.

Les prunelles de Rachid s'assombrirent.

— Tu as couché avec lui ?

— Non. Je t'ai dit que je n'avais pas fait l'amour depuis des années quand je t'ai rencontré.

— Mais est-ce que tu as eu envie de coucher avec lui ?

— Oui. Mais je ne l'ai pas fait.

— Pourquoi ?

— Je pensais qu'il ne m'aimait pas vraiment et je n'avais pas envie de me laisser manipuler.

— Et toi, tu l'aimais ?

— Je l'aimais bien. A force de travailler ensemble nous étions devenus proches. Mais je ne l'aimais pas.

— Pourtant, c'est à cause de lui que tu as quitté Sydney pour aller travailler au haras, n'est-ce pas ?

Samantha fut stupéfaite. Comment avait-il deviné ? Il fallait croire qu'il était doué d'une grande intuition…

— Oui, en effet, acquiesça-t-elle. C'est à cause de Paul que j'ai quitté Sydney.

Etait-ce à cause de ce Paul qu'elle avait envie d'y retourner ?

Rachid fixait sur Samantha un regard pénétrant, mais elle avait manifestement l'esprit ailleurs. Les yeux dans le vague, elle ne lui prêtait pas attention. De toute évidence, elle pensait à cet homme… Elle prétendait ne pas l'aimer, mais il n'en croyait pas un mot.

— Quel âge a-t-il ? demanda-t-il d'un ton qui se voulait désinvolte.

— Paul ? Je ne sais pas exactement. La quarantaine.

Beaucoup plus âgé qu'elle, nota Rachid avec un pincement au cœur. Et expérimenté, sans aucun doute. Etait-ce pour être à la hauteur qu'elle voulait tout apprendre de l'amour ? L'avait-elle fui parce qu'elle manquait de confiance en elle ?

Avait-elle l'intention de renouer avec lui une fois qu'elle se sentirait plus sûre d'elle ?

— Il est séduisant ?

Elle haussa les épaules.

— Il est pas mal.

Traduction : très séduisant, songea Rachid transpercé par une flèche de jalousie. Bon sang ! Que lui arrivait-il ? Il n'avait jamais été jaloux de sa vie !

Et pourtant, aujourd'hui, il était jaloux de ce Paul. Férocement jaloux.

— Reprendre contact avec lui à ton retour à Sydney serait une erreur, déclara-t-il.

Samantha ouvrit de grands yeux, manifestement stupéfaite.

— Je n'en ai pas l'intention !

— Tu es certaine ?

— Bien sûr !

— Tu n'as aucune raison de me mentir, tu sais.

Samantha resta bouche bée quelques secondes, puis elle eut un sourire enjôleur.

— Comment oserais-je mentir à mon seigneur et maître ?

Rachid fut assailli par une bouffée de rage.

Pas de doute, elle lui mentait.

13.

Comme prévu, le lendemain après-midi, Rachid et Samantha se rendirent à Randwick. Sans être allés faire du shopping le matin car ils s'étaient réveillés trop tard.

Rachid tenait Samantha par la main. Elle aimait ce geste simple, chaste et en même temps très intime.

— Tu es bien calme, aujourd'hui, dit-il en l'entraînant vers l'entrée de l'hippodrome. Il y a un problème ?

Un problème ? se demanda-t-elle. Etait-ce un problème d'être prête à tout accepter de cet homme ? Etait-ce un problème que la Samantha indépendante et rebelle se soit volatilisée ?

Elle sentit une vive chaleur l'envahir, tandis que des bribes de souvenirs de la nuit précédente s'imposaient à elle.

Penchée sur Rachid, elle embrassait chaque parcelle de sa peau veloutée. Elle léchait sa virilité triomphante. Elle la prenait dans sa bouche. Elle la savourait avec délectation. Elle recueillait au fond de sa gorge le témoignage de sa jouissance…

Un peu plus tard, elle hurlait de plaisir alors qu'il lui caressait les seins pendant qu'ils faisaient l'amour, emboîtés l'un dans l'autre…

Plus tard encore, plaquée contre lui, elle retenait son souffle, inondée de désir, prête à l'accueillir en elle dès qu'il se réveillerait…

Un peu avant l'aube, les poignets liés ensemble et attachés

à la tête du lit, elle subissait avec volupté le supplice de ses caresses diaboliques…

A l'aube enfin, elle finissait par s'endormir d'un sommeil profond, blottie contre lui, entourée de ses bras puissants.

Et à présent qu'ils venaient d'arriver à Randwick, elle n'avait qu'une envie. Rebrousser chemin, rentrer à l'hôtel et se retrouver seule avec lui, peau contre peau dans ses bras.

C'était insensé ! D'ordinaire, elle adorait les courses de chevaux. C'était sa passion !

Elle déglutit péniblement. Non, à présent, sa passion c'était Rachid. Etait-ce un problème ? Mieux valait ne pas chercher à connaître la réponse à cette question…

— Je suis juste un peu fatiguée, répliqua-t-elle.

Mensonge éhonté… Elle ne s'était jamais sentie aussi débordante d'énergie.

Rachid eut un petit rire coquin.

— Ce n'est pas très étonnant… Une pause nous fera le plus grand bien. Allez, entrons et voyons si nous parvenons à miser sur un cheval gagnant.

Après avoir payé les entrées, il lui reprit la main et l'entraîna à travers la foule vers l'endroit où on commençait à seller les trotteurs pour la troisième course. Les robes des chevaux brillaient sous les rayons du soleil hivernal, témoignant du zèle des palefreniers.

Samantha tenta de s'intéresser au choix d'un cheval sur lequel miser. Inutile, constata-t-elle très vite. L'homme qui la tenait par la main accaparait son esprit.

L'aimait-elle ?

Probablement.

Trop souvent au cours de la nuit précédente, elle avait senti son cœur vibrer à l'unisson de son corps…

Tout à coup, les doigts de Rachid se resserrèrent avec force sur les siens, la ramenant à l'instant présent.

— Cet homme, là-bas, qui te regarde fixement, dit-il d'un ton crispé. Tu le connais ?

Elle jeta un coup d'œil dans la direction qu'il lui indiquait.

— Oh, c'est Paul !

Les doigts de Rachid lui broyèrent la main.

— Celui qui t'aime ?

— Je t'ai expliqué qu'il ne m'aimait pas.

— Il vient vers nous.

Paul venait effectivement à la rencontre de Samantha. Celle-ci n'eut d'autre choix que de le saluer, puis de faire les présentations.

— Je te présente… Rachid, dit-elle à Paul qui continuait de fixer sur elle un regard extrêmement embarrassant. C'est un ami du prince Ali… Le prince Ali de Dubar, mon employeur.

— J'ai entendu parler de lui, répliqua Paul d'un ton crispé.

Il s'arracha à la contemplation de Samantha pour tendre la main à Rachid.

Mais ce dernier ne lâcha pas Samantha, et Paul laissa retomber sa main.

— Moi aussi, j'ai entendu parler de vous, déclara Rachid d'un air hautain.

Sans prêter attention à ces paroles, Paul se tourna de nouveau vers Samantha.

— Tu as changé de couleur de cheveux. Ce blond te va bien. Ça t'adoucit le visage.

— Oui, c'est vrai.

En voyant les deux hommes côte à côte, Samantha comprit pourquoi Rachid lui faisait autant d'effet. Paul était très séduisant, certes. Mais Rachid était fascinant. Non seulement d'une beauté sublime, mais doué d'un charme irrésistible, débordant d'une énergie redoutable, et… à cet instant précis, si elle ne se trompait pas… il était jaloux !

Elle sentit son cœur se gonfler d'une joie indicible. Etait-ce possible ? Rachid ? Jaloux de Paul ? Ça alors !

— En fait, je ne t'ai jamais vue aussi radieuse, poursuivit Paul en promenant sur elle un regard insistant.

Elle eut toutes les peines du monde à ne pas laisser éclater sa joie. Si Paul savait à quel point ce regard lui était agréable ! Pas en lui-même, bien sûr. Mais parce qu'il provoquait la colère de Rachid !

— Tu es à Sydney pour le week-end ? demanda Paul. Nous pourrions peut-être prendre rendez-vous pour aller boire un verre quelque part.

— Samantha est avec moi, intervint sèchement Rachid.

Paul parut embarrassé.

— Mais… c'est sans arrière-pensée. Nous ne sommes que de vieux amis, n'est-ce pas, Samantha ? Il n'y a pas de mal à prendre un verre ensemble.

— Permettez-moi de ne pas partager cet avis. Viens, Samantha.

La jeune femme adressa un petit sourire contrit à Paul pardessus son épaule, tandis que Rachid l'entraînait avec brutalité en direction de la tribune. Elle était à la fois ravie qu'il soit jaloux et irritée qu'il se montre aussi autoritaire. Elle ne pouvait pas tout accepter sans broncher, décida-t-elle. Il était temps que l'ancienne Samantha fasse une réapparition.

— Hé, arrête de jouer les hommes des cavernes ! s'exclama-t-elle en dégageant sa main. Tu me fais mal ! Tu m'avais promis de ne jamais me faire mal.

Il se tourna vers elle, le regard étincelant.

— Quand une femme est avec moi, elle ne s'amuse pas à prendre rendez-vous avec un autre homme. Tu pourrais au moins attendre que je sois reparti ! Quand je serai à Londres, tu pourras coucher avec ce crétin autant que tu voudras.

— Qu'est-ce qui te prend ? Tu as perdu la tête ? Je t'ai dit que je n'aimais pas Paul et qu'il ne m'aimait pas.

— Il te désire. Ça se voit dans ses yeux.

— Et alors ? Quatre-vingt dix pour cent des femmes qui sont autour de nous en ce moment te désirent, Rachid. Est-ce que j'en fais une maladie ? Si je suis avec toi, c'est parce que j'en ai envie. Si j'avais envie d'être avec Paul, je serais avec lui.

Rachid passa nerveusement la main dans ses cheveux, la mine contrite. Mais cette lueur dans ses yeux, ce n'était pas de la confusion, se dit Samantha, soudain inquiète. Cette lueur, elle l'avait déjà aperçue…

Son estomac se noua. C'était le signe qu'il souffrait physiquement !

— Tu as toujours des migraines ?

— Comment as-tu deviné ? s'exclama-t-il, manifestement surpris.

— Je l'ai vu dans tes yeux. Tu as des médicaments sur toi ?

— Non, répondit-il avec une moue de dépit.

— Dans ce cas, il faut rentrer à l'hôtel.

— Je vais rentrer seul. Reste, si tu veux.

— Je n'ai aucune envie de rester. Viens.

Cette fois, ce fut elle qui lui prit la main et qui l'entraîna.

Pendant le trajet en taxi, il ne dit pas un mot. Il souffrait terriblement, comprit Samantha, le cœur serré. Une fois de retour dans la suite, elle le déshabilla, puis elle l'aida à s'asseoir sur le lit avant d'aller chercher un verre d'eau. Quand elle le rejoignit, il tentait maladroitement d'ouvrir une boîte de comprimés.

— Combien ? demanda-t-elle en la lui prenant des mains.

— Deux, répondit-il d'une voix mal assurée.

Elle ouvrit la boîte, prit deux comprimés, les lui tendit avec le verre d'eau, et reposa la boîte sur la table de chevet.

Il avala les comprimés avec une grimace et s'allongea sur le lit. Puis, il ferma les paupières en laissant échapper un gémissement étouffé. Elle se hâta de tirer les rideaux puis de fermer les portes afin de plonger la pièce dans la pénombre. Après avoir enlevé ses bottes, elle s'allongea à côté de lui et lui caressa doucement la tête jusqu'à ce qu'il finisse par s'assoupir.

Alors, elle se releva et prit la boîte pour l'examiner à la lumière, dans le salon.

Elle réprima une exclamation de stupeur. De la morphine ! Quel médecin inconscient avait prescrit de la morphine pour des migraines ? se demanda-t-elle, effarée.

Et si ce n'était pas de migraines que souffrait Rachid ?

Elle eut l'impression qu'on lui broyait le cœur. Non, c'était impossible ! Il ne pouvait pas être atteint d'une maladie grave. Il était trop vigoureux, trop dynamique…

La meilleure preuve, c'était la façon dont il montait Flèche d'Argent. Un homme gravement malade serait-il capable de tenir sur un cheval aussi fougueux lancé au galop ? Certes, ces chevauchées le fatiguaient, mais elles auraient fatigué n'importe qui.

D'accord, mais le premier soir, au dîner ? Etait-ce seulement à cause du décalage horaire qu'il souffrait ? Ou bien avait-il été frappé par une crise de ce genre ?

Il en avait eu une autre le mercredi soir…

Et une aujourd'hui.

La vraie migraine pouvait être horriblement douloureuse, mais les crises étaient rarement aussi fréquentes. Et pourquoi de la morphine ?

Samantha regagna la chambre sur la pointe des pieds et remit la boîte sur la table de nuit avant de se rallonger à côté de Rachid. Sa respiration était redevenue régulière et toute trace de souffrance avait disparu de son visage. Il ne bougea pas quand elle déposa un léger baiser sur son front. Et il ne vit pas les larmes qui roulaient sur ses joues.

Quand Rachid se réveilla, Samantha dormait profondément à côté de lui, tout habillée. Il avait le cerveau légèrement embrumé, mais c'était probablement l'effet des comprimés, se dit-il. Il prit la main de Samantha, posée sur son torse, et la porta à ses lèvres.

Elle ouvrit immédiatement les yeux.

— Tu es réveillé…, murmura-t-elle.

— Toi aussi, dit-il en souriant.

— Comment te sens-tu ? demanda-t-elle avec un regard scrutateur.

— Beaucoup mieux, merci.

Il referma la bouche sur un de ses doigts, qu'il suça lentement, puis il retourna sa main pour lui lécher la paume. Laissant échapper un petit cri, elle tenta de dégager sa main, mais il la retint fermement. Elle renonça à lutter.

— Tu es presque aussi douée comme infirmière que comme esclave d'amour, murmura-t-il avant de lui lécher de nouveau la paume.

Il fallait à tout prix rester léger, se dit-il. Léger et sexy. C'était tout ce qu'elle attendait de lui, pour l'instant.

Toutefois, il avait des espoirs pour l'avenir. S'il avait un avenir, bien sûr…

— Rachid…

— Oui ?

— Tu n'as pas une tumeur au cerveau, n'est-ce pas ?

La stupéfaction fut telle qu'il ne parvint pas à rester impassible. Relevant vivement la tête, il rencontra un regard beaucoup trop intelligent à son goût.

— Ne me mens pas, intima-t-elle d'un air grave.

Le croyait-elle donc complètement stupide ? S'il lui disait la vérité, tout était fini. Il *fallait* qu'il lui mente. Parce qu'il était hors de question de se séparer d'elle pour l'instant. Ce serait au-dessus de ses forces. Il l'aimait trop.

D'un autre côté, il fallait bien admettre que retarder plus longtemps l'opération serait de l'inconscience. Ne serait-ce que parce qu'il ne supportait plus ces migraines. Elles étaient trop invalidantes. Seul l'orgueil l'avait empêché de hurler de douleur, cet après-midi.

Ce soir, il devait envoyer un e-mail à Ali pour lui expliquer la situation. Et un autre à son chirurgien. Ensuite, il réserverait pour demain une place sur un vol à destination de Londres.

Mais les prochaines vingt-quatre heures étaient à lui. Et il les passerait en compagnie de la femme qu'il aimait.

— Où es-tu allée chercher cette idée ? demanda-t-il enfin.

— Les comprimés… C'est de la morphine. On ne prend pas de la morphine pour de simples migraines. En revanche, il arrive qu'on en prenne quand on a un cancer.

Cancer… Il n'avait jamais associé sa tumeur au cerveau à ce mot. Et pourtant, c'était bien de cela qu'il s'agissait…

En tout cas, c'était un terme très efficace pour vous ramener brutalement à la réalité. Son impact sur le regard des autres était tout aussi redoutable… S'il avouait à Samantha qu'il était atteint d'un cancer, elle serait tellement inquiète pour lui qu'elle l'empêcherait sûrement de lui faire l'amour de peur de le fatiguer.

— Est-ce que j'ai l'air d'avoir un cancer ? demanda-t-il d'une voix douce.

— Non…

— Je souffre de migraines extrêmement fortes. Or, l'avion déclenche systématiquement des crises. J'ai essayé des dizaines de médicaments. Il se trouve que la morphine est le plus efficace. Ces comprimés ne sont pas fortement dosés, ce qui m'évite d'être dépendant. Ma seule drogue, c'est toi, ma chérie. D'ailleurs, où en étais-je ? murmura-t-il avant de recommencer à lui lécher la paume.

Elle cessa de le questionner et laissa bientôt échapper des petits soupirs de volupté.

Il la dévêtit lentement, avec tendresse, en prenant le temps de la couvrir entièrement de baisers. Il fallait graver dans sa mémoire le souvenir de chaque parcelle de son corps, de chaque seconde passée avec elle.

Car c'était à elle qu'il penserait juste avant qu'on l'endorme sur la table d'opération.

S'il mourait, il partirait le sourire aux lèvres et le cœur débordant d'amour.

14.

Elle n'avait aucune envie de rentrer, songea Samantha, le cœur lourd. Plus le moment du départ approchait, plus elle était d'humeur maussade.

Comme Rachid, apparemment.

A 16 heures, ni l'un ni l'autre n'esquissa le moindre mouvement pour se lever et s'habiller. Pourtant, le décollage avait été fixé à 17 heures afin d'arriver au haras avant la nuit.

Elle ne voulait pas rentrer… Elle voulait rester au lit avec Rachid jusqu'à la fin des temps.

Quand il finit par se redresser, elle le retint par le bras.

— Ne partons pas.

Il se tourna vers elle, le visage sombre.

— Nous ne pouvons pas rester ici éternellement, Samantha. Même si j'en ai très envie.

— C'est vrai ?

Il se pencha pour déposer un baiser sur ses lèvres.

— Bien sûr. Mais la vie continue. J'ai des obligations.

— Ils n'ont pas vraiment besoin de toi au haras, plaida-t-elle. Ni de moi. Nous pourrions partir quelque part ensemble. Ou bien rester ici. Au moins pendant quelques jours.

Rachid eut un sourire étrangement triste.

— Ce n'est pas possible. Comme je te l'ai dit, j'ai des obligations. Mais pas au haras. Il y a eu un imprévu chez moi. Il faut que je reparte pour Londres ce soir.

Samantha eut l'impression de recevoir un coup de poing dans l'estomac.

— Tu rentres à Londres ?

— Je suis obligé.

— Mais… pourquoi ?

— C'est un problème d'ordre privé.

— Emmène-moi avec toi, supplia-t-elle, submergée par une vague de panique.

— Je suis désolé, mais c'est impossible.

La panique se mua en désespoir.

— Mais je ne peux pas vivre sans toi ! dit-elle dans un sanglot étouffé. Je… J'ai besoin de toi. Il faut que tu m'emmènes avec toi. Je me ferai toute petite, je te le promets. Tu peux garder tes autres maîtresses si tu veux, du moment qu'on continue à se voir… Oh !

Prenant conscience de ce qu'elle venait de dire, Samantha enfouit son visage dans ses mains et éclata en sanglots, au comble de l'humiliation.

Elle sentit les bras puissants de Rachid se refermer sur ses épaules.

— Ce n'est pas pour retrouver ces femmes que je rentre, murmura-t-il en la berçant contre son torse. Je reviendrai auprès de toi dès que je le pourrai.

Cette promesse inespérée rendit un peu d'espoir à Samantha. Elle leva vers lui ses yeux bleus noyés de larmes.

— C'est vrai ? Tu reviendras ?

Il l'embrassa sur le front.

— Comment pourrais-je abandonner ma petite esclave d'amour ?

— Quand reviendras-tu ?

— Dès que possible.

— Mais quand ?

— Je ne sais pas combien de temps il me faudra pour régler ce problème imprévu. Mais sache que je reviendrai le plus vite possible.

— Tu ne sembles pas très sûr de toi. Est-ce un problème d'argent ? As-tu fait de mauvais investissements ? Ecoute, je me moque éperdument que tu sois riche ou pauvre. J'ai de l'argent. Je peux payer ton billet de retour. Je peux t'entretenir.

Il lui caressa les cheveux avec un sourire ému.

— Ce n'est pas un problème d'argent. Il ne faut pas t'inquiéter. Repars en hélicoptère et je te donnerai des nouvelles très bientôt. Je vais prendre ton numéro de téléphone.

— Tu me le promets ?

— Je te le promets.

— Quand ?

— Dans quelques jours.

Manifestement, cette réponse ne la satisfaisait pas, comprit Rachid. Mais il ne pouvait pas prendre le risque de se confier à elle alors qu'il se sentait si fragile émotionnellement. Il fallait qu'il reste fort pour l'opération. Il fallait également qu'il modifie son testament. Dans quelques jours, elle serait prévenue. Par lui ou par son notaire. Car il avait bien l'intention de léguer tout ce qu'il possédait à cette femme qui l'aimait pour lui-même et pas pour son argent.

— Je t'aime, Rachid, dit-elle dans un sanglot.

Surtout ne pas flancher, s'exhorta-t-il, bouleversé.

— Je suis sûr que c'est ce que tu crois, en tout cas..., dit-il.

En voyant la souffrance qui se peignait sur le visage baigné de larmes qu'il chérissait tant, Rachid se maudit. Malheureusement, vu les circonstances, c'était la seule chose à lui dire, pour l'instant.

— Tu ne crois pas à l'amour, c'est ça ? lança-t-elle avec

véhémence. Si tu reviens, ce sera uniquement pour le sexe, n'est-ce pas ?

Rachid prit une profonde inspiration. Il fallait absolument résister à la tentation de lui ouvrir son cœur. Il fallait trouver le courage de la quitter.

— Tu préférerais que je ne revienne pas ?

— Fais ce que tu veux ! lança-t-elle avec humeur. De toute façon, tu n'en fais toujours qu'à ta tête.

Il eut un sourire attendri.

Tout à coup, la jeune femme rebelle au caractère épouvantable était de retour, c'était celle qu'il avait rencontrée le premier jour. Toujours aussi impétueuse…

— Je constate avec plaisir que tu as toujours aussi mauvais caractère. Tu me reverras, Samantha, *inch'Allah*.

Samantha pleura pendant tout le trajet du retour en hélicoptère.

Elle pleurait encore quand elle descendit de l'appareil d'un pas mal assuré et qu'elle se jeta dans les bras de la femme au cheveux rouges qui l'attendait sur l'héliport.

— Qu'est-ce qui t'arrive ? s'exclama Cléo, visiblement inquiète. Mon Dieu, tu n'es pas gravement malade, j'espère ?

— Je… je ne peux pas te parler ici.

— D'accord. Allons à la villa. Mais où est Rachid ?

— En route pour Londres, le mufle !

Cléo arqua les sourcils mais, en femme avisée, elle garda le silence. Elle attendit que Samantha et elle soient seules dans la cuisine de la villa et que la jeune femme soit assise avec une tasse de café fumant devant elle. L'hélicoptère était reparti depuis longtemps et le plus grand calme régnait aux alentours.

— Tu couches avec lui, n'est-ce pas ? interrogea Cléo sans détour.

Incapable de nier, Samantha hocha la tête.

— Depuis quand ?

— Mercredi soir, répondit Samantha avec un soupir de lassitude.

A présent que ses larmes ne coulaient plus, elle se sentait épuisée. Toutefois c'était une fatigue plus émotionnelle que physique.

— Mmm… Le soir où je lui ai donné cette soupe pour toi. Il n'a pas perdu de temps, il faut lui reconnaître ça. Et bien sûr, tu n'étais pas malade ?

— Je suis désolée, Cléo.

— Ça n'a aucune importance. A ta place, j'aurais probablement fait la même chose. Difficile d'envoyer promener un homme comme lui. Je savais qu'il t'aimait bien, je te l'avais dit. Mais pourquoi est-il reparti à Londres ?

— Un imprévu, paraît-il. Il n'a pas voulu me dire de quoi il s'agissait exactement, et ça m'a paru un peu suspect. Il a dit qu'il avait envoyé un e-mail à Ali pour lui expliquer la situation.

— J'appellerai Ali. Il me dira ce qui se passe. Mais dis-moi, comment est notre play-boy au lit ? D'une efficacité redoutable, à te voir.

— Tu ne peux pas imaginer…

— Je suppose que tu es tombée amoureuse de lui ?

— Malheureusement.

— Pourquoi « malheureusement » ? Il vaut mieux avoir perdu l'amour que de ne jamais l'avoir connu.

— Ce sont des foutaises Cléo ! Tu le sais aussi bien que moi.

— Mais au moins tu as vécu des moments merveilleux. Beaucoup de femmes ne peuvent pas en dire autant, tu sais.

— Il a dit qu'il reviendrait.

— Vraiment ? Tu avais oublié de mentionner ce détail !

Samantha eut une moue de dérision.

— Je ne crois pas qu'il en ait vraiment l'intention. Il est parti et il ne reviendra jamais. Il a dit ça pour me faire taire.

— Tu crois ? Il ne m'a pas fait l'effet d'être un menteur. Je vais appeler Ali pour essayer d'en savoir plus sur ce soi-disant imprévu. Attends-moi ici.

— Je n'ai pas l'intention de bouger, répliqua Samantha, d'un air misérable.

Cléo resta absente un long moment, laissant à Samantha tout le temps de revivre cette dernière nuit merveilleuse qu'elle avait passée avec Rachid. Il avait fait preuve avec elle d'une tendresse incroyable... Et ils n'avaient pas passé tout leur temps au lit : ils avaient dîné dans le salon en parlant de leur passion mutuelle pour les chevaux, puis ils avaient bu un cognac sur la terrasse, en savourant la vue extraordinaire et le bonheur d'être ensemble. Elle s'était sentie si heureuse. Si... aimée ?

— Je n'arrive pas à y croire !

La voix de Cléo tira Samantha de sa rêverie.

— Il semblait en si bonne santé !

Le cœur de la jeune femme fit un bond dans sa poitrine.

— Oh, non ! s'écria-t-elle en bondissant sur ses pieds. Il a vraiment une tumeur au cerveau, c'est ça ?

Elle lu l'horrible vérité dans les yeux de Cléo.

— Comment as-tu deviné ?

Samantha se précipita aux toilettes pour vomir. Quand elle regagna la cuisine, elle était à bout de forces, mais elle avait pris une décision.

— Répète-moi exactement ce que t'a dit Ali, demanda-t-elle à Cléo. Dis-moi tout.

En fait, elle n'en apprit pas beaucoup plus que ce qu'elle soupçonnait déjà. Rachid avait une tumeur maligne au cerveau — opérable, mais l'intervention était très risquée. Il avait retardé l'intervention pour tenir la promesse qu'il avait faite à Ali : il se sentait redevable envers son ami parce que celui-ci lui avait sauvé la vie autrefois. C'était une question d'honneur, paraît-il.

— Apparemment, il y a quelques jours, Ali lui a dit de repartir à Londres *tout de suite*, avant que son état ne s'aggrave, poursuivit Cléo.

— Il y a quelques jours ? Pas hier ?

— Non. Ali a dit samedi.

Samantha faillit crier de joie et de désespoir à la fois. Rachid avait choisi de rester avec elle une nuit de plus. Il n'avait pas eu envie de la quitter. Il l'aimait ! Il n'y avait pas d'autre explication. Pour quelle autre raison lui aurait-il caché la vérité ? Il avait voulu la protéger. A moins qu'il ne croie pas à la sincérité de son amour ?

Mais peu importait. Il fallait qu'elle le rejoigne. Qu'elle reste auprès de lui. Qu'elle lui prouve à quel point elle tenait à lui.

Mais peut-être était-il déjà trop tard... Son cœur se serra.

— Quand est prévue l'intervention, tu le sais ?

— Dès que possible. C'est tout ce que sait Ali. Que vas-tu faire ?

— Aller à Londres. Je vais prendre mon passeport chez moi, repartir immédiatement à Sydney, en voiture, et prendre le premier vol disponible pour Londres. Peux-tu essayer d'en savoir plus auprès d'Ali ? J'ai besoin de l'adresse de Rachid à Londres et du nom de l'hôpital où il est traité. Qu'il ne lui dise rien, surtout. Je t'appellerai de l'aéroport.

Samantha était déjà sur le départ, soulagée de pouvoir agir.

Pourvu que Rachid s'en sorte ! pria-t-elle en courant vers la sortie. Qu'Allah le sauve !

15.

Samantha arriva trop tard. Il n'y avait plus aucune place pour Londres avant le lendemain après-midi. Et encore, elle fut obligée de prendre un billet en classe affaires.

Quand l'avion se posa enfin à l'aéroport d'Heathrow, on préparait déjà Rachid pour l'intervention. Mais Samantha ne le savait pas encore. Elle ne l'apprit qu'en arrivant à l'hôpital dont Ali avait donné les coordonnées à Cléo.

Rachid bin Said al Serkel faisait bien partie des patients de l'hôpital, lui dit la jeune femme de la réception. Mais elle ne pouvait pas lui rendre visite pour l'instant parce qu'il se trouvait sur la table d'opération.

Samantha aurait posé d'autres questions si elle n'avait pas perdu connaissance sur-le-champ.

Quand elle reprit conscience, elle vit un homme vêtu de blanc penché sur elle. Ce n'était pas un médecin. Il avait les yeux noirs, le teint mat et son beau visage était empreint de sollicitude. Il portait un keffieh, la coiffure des bédouins.

Son employeur. Le prince Ali de Dubar.

— Ali !

Elle se redressa sur le canapé où on l'avait allongée, dans un bureau.

D'une main douce mais ferme, Ali l'obligea à se rallonger.

— Ce n'est pas une bonne idée de se relever trop vite après avoir perdu connaissance, déclara-t-il. Une infirmière va vous apporter du thé et des biscuits.

— Mais… que faites-vous ici ? Vous n'êtes pas à Dubar pour le couronnement de votre frère ?

— Le couronnement officiel n'a lieu que demain. J'ai estimé qu'aujourd'hui, ma place était auprès de mon ami. Malheureusement, je suis arrivé trop tard pour voir Rachid avant son opération. Et si je comprends bien, vous êtes dans la même situation.

Le cœur de Samantha se serra douloureusement et elle réprima un haut-le-cœur.

— Oh, Ali… Et s'il meurt ?

— Alors il mourra, répliqua-t-il avec un fatalisme qu'elle était incapable de partager. Ce qui est écrit est écrit.

— Je ne supporte pas qu'on dise ce genre de choses ! Le destin n'existe pas. Ce qui est écrit, c'est ce qu'on provoque soi-même.

Elle se redressa brusquement, incapable de rester allongée plus longtemps.

— Ce n'est pas lui qui s'est infligé cette tumeur, fit valoir Ali.

— Qu'en savez-vous ? Cléo a dit que Rachid était un homme très seul. J'ai lu quelque part que la solitude pouvait favoriser un affaiblissement des défenses de l'organisme.

— Pourquoi vous intéressez-vous à ce genre d'articles ? Parce que vous souffrez vous-même de la solitude ?

— Oui, je suis solitaire, acquiesça-t-elle en se levant. J'ai toujours été solitaire. Jusqu'à ce que je rencontre Rachid. Je l'aime, Ali, à un point que les mots ne peuvent exprimer. Et je pense qu'il m'aime.

— Je vous le confirme. Savez-vous qu'il vous a légué tous ses biens ?

La colère et le chagrin firent sortir Samantha de ses gonds.

— Bon sang ! Je ne veux pas de son maudit argent ! Je veux juste qu'il vive et qu'il guérisse.

— Il le sait.

— Combien de temps doit durer l'opération ? demanda-t-elle en arpentant la pièce pour tenter de surmonter son désespoir.

— Elle devrait bientôt se terminer, d'après ce qu'on m'a dit. J'ai demandé au chirurgien de venir nous voir ici dès qu'il aura terminé. Ah, voilà le thé...

Une infirmière entra d'un air affairé avec un plateau. Ali la remercia et lui dit qu'il se chargerait du service.

Malgré son angoisse, Samantha ne put retenir un pâle sourire en prenant la tasse de thé qu'Ali lui tendait. Il était comme Rachid. Si sûr de lui. Si maître de la situation.

Mais peut-être se trompait-elle ? Peut-être l'assurance apparente de Rachid cachait-elle une grande solitude intérieure.

— Parlez-moi de lui, Ali. Je veux tout savoir.

Il eut un petit rire gêné.

— Vous parlez comme ma femme, Charmaine. Elle veut toujours tout savoir.

— S'il vous plaît, parlez-moi de lui.

— Je ne peux rien vous dire de plus que ce que je sais. Il y a des choses qu'il n'a jamais confiées à personne. Les hommes ont tous leurs petits secrets, dont certains qu'ils ne révéleront surtout pas à la femme de leur vie.

— Si vous pensez aux trois maîtresses qu'il fréquentait dernièrement, je suis au courant. Elles n'ont aucune importance.

Ali arqua les sourcils, manifestement impressionné.

— Je vois que vous comprenez bien Rachid. Il m'a assuré que ces femmes ne comptaient pas du tout pour lui. Aucune femme n'a jamais compté pour lui jusqu'à ce qu'il vous rencontre. Même sa propre mère.

— Il n'aimait pas sa mère ? Comment un enfant peut-il ne pas aimer sa mère ?

— C'était elle qui ne l'aimait pas. Il n'était rien de plus pour elle qu'un ticket d'entrée dans un milieu aisé. Elle a rencontré le père de Rachid quelque temps après la mort de sa première épouse, qui était enceinte. Le pauvre homme avait été dévasté par le chagrin et il était venu s'installer à Londres où il menait une vie dissolue, dépensant sans compter pour tenter de s'étourdir. La mère de Rachid était une fille qui ne pensait qu'à s'amuser. Même si les médias la qualifiaient avec indulgence de fêtarde, elle n'était ni plus ni moins qu'une sorte de prostituée, qui se vendait à n'importe quel homme ayant les moyens de lui payer ses pêchés mignons hors de prix.

— Elle se droguait ?

— Ce n'était pas une toxicomane, mais elle prenait des drogues de synthèse pour garder l'énergie indispensable à son mode de vie et pour séduire des hommes comme le père de Rachid, qui n'avaient pas l'habitude de ce genre de femmes. Naturellement, quand elle lui a annoncé qu'elle était enceinte, il l'a épousée. Il ne pouvait déjà plus se passer d'elle, à l'époque. Et elle a continué à le tenir sous son emprise après la naissance de Rachid. L'enfant était confié à des tiers pendant que le couple passait son temps à faire la fête dans le monde entier, et dépensait son argent dans les casinos et aux courses, sombrant de plus en plus profondément dans la débauche. Si le père de Rachid n'avait pas tiré des revenus inépuisables de ses puits de pétrole, il aurait été mis en faillite plus d'une fois. Bref, les parents de Rachid ne se sont jamais occupés de lui. Ils sont morts dans l'incendie d'un de leurs yachts le jour de son seizième anniversaire. Il se trouvait dans un lycée de Londres pendant qu'eux faisaient la fête dans les Caraïbes.

— Quelle histoire horrible ! Pauvre Rachid.

— Oui. Pauvre Rachid.

— Depuis combien de temps le connaissez-vous ? J'ai entendu dire que vous étiez amis depuis très longtemps.

— J'ai rencontré Rachid à Dubar, nous fréquentions la même école. J'avais quatorze ans. Il avait deux ans de moins que moi. C'était un enfant timide, aussi incroyable que ça puisse paraître.

Oui. Samantha voulait bien le croire. Rachid n'avait pas été plus désiré qu'elle. Or, elle ne savait que trop bien à quel point un enfant pouvait souffrir de cette situation. Mais il était probable que Rachid était plus introverti que timide : il ne comptait que sur lui-même et ne faisait pas confiance aux autres.

— Les autres garçons de l'école avaient entendu parler de sa mère et ils se moquaient de lui. Il l'a supporté sans broncher pendant un certain temps, et puis un jour, il a réagi. Malheureusement, il a mal choisi ses adversaires. Ceux-ci étaient beaucoup plus grands que lui, et plus cruels. L'un d'entre eux était armé d'un couteau. Quand je suis intervenu, Rachid était déjà blessé. Heureusement, sa vie n'était pas menacée. Après cet incident, son père l'a envoyé dans une école en Angleterre. Vous pouvez imaginer quel effet ce changement de vie a eu sur Rachid ! Pendant longtemps, il est resté comme un poisson hors de l'eau. Rejeté et mis à l'écart par les élèves anglais. Pourtant, il a fini par se faire accepter dans ce milieu, même s'il prétend que c'est grâce à son argent.

— Il éprouve un certain mépris pour sa fortune.

— C'est vrai, acquiesça Ali. Mais ce n'est pas sans raison. Vous ne savez pas ce que c'est d'être un homme extrêmement riche, Samantha.

— Rachid m'a dit qu'il était constamment la cible de femmes intéressées…

— Certaines sont capables de tous les mensonges et de toutes les ruses. Quand il avait dix-neuf ans, Rachid a été séduit par une femme très belle et très intelligente. Quand elle a prétendu être enceinte, il était fou de joie. Mais elle ne voulait pas se marier, elle voulait juste de l'argent. Beaucoup d'argent. Mais Rachid ne pouvait pas imaginer que son enfant puisse grandir sans un père pour le protéger. Heureusement, il s'est confié à moi et j'ai fait faire des recherches sur la femme en question. J'ai découvert qu'elle était déjà mariée, et qu'il ne s'agissait que d'une escroquerie. J'ai conseillé à Rachid d'exiger par ordonnance du tribunal qu'un test ADN soit pratiqué après la naissance du bébé. Et tout à coup, comme par enchantement, il n'y a plus eu de bébé… Bien que la femme ait vraiment été enceinte. De qui ? Nous ne le saurons jamais.

— Rachid devait être anéanti.

— A partir de ce moment, il a toujours fait preuve de la plus grande prudence avec les femmes.

— Puisque Rachid est venu vivre en Angleterre, comment se fait-il que vous ne vous soyez pas perdus de vue ?

— Grâce aux chevaux. Après être restés plusieurs années éloignés l'un de l'autre, nous nous sommes revus quand j'ai été envoyé pour une courte période dans les écuries de mon père en Angleterre.

— Je vois.

C'était agréable d'en savoir un peu plus sur l'homme qu'elle aimait. Mais à quoi bon, s'il mourait ? Bouleversée, Samantha sentit les larmes perler à ses paupières. Elle posa sa tasse pour les essuyer furtivement. Pas question de pleurer devant Ali.

— Il n'y a pas de honte à pleurer, dit-il d'une voix douce. Charmaine pleure tout le temps.

— Oh, Ali…

Samantha se blottit dans les bras qu'il lui tendait et donna libre cours à ses larmes.

Ses sanglots commençaient à s'espacer quand la porte s'ouvrit. Le chirurgien de Rachid entra dans la pièce. C'était un homme très grand, au visage avenant. Il semblait fatigué mais satisfait.

— Tout s'est très bien passé, annonça-t-il, déclenchant une nouvelle crise de larmes chez Samantha.

— Sa fiancée, déclara Ali au chirurgien, en guise d'explication.

— Mais il m'a dit qu'il n'en avait pas !

— Il a caché son état à Samantha pour ne pas l'inquiéter.

— Ah, je me disais aussi... C'est un homme tellement exceptionnel. Mais ma secrétaire va être terriblement déçue : elle est tombée sous son charme la première fois qu'elle l'a vu... Mais revenons aux choses sérieuses. J'ai pu enlever toute la tumeur. Elle ne reviendra pas et son cerveau n'a subi aucun dommage. Il n'y aura donc aucune séquelle. Sans fausse modestie, j'ai fait de l'excellent travail.

— Je vous remercie, dit Ali avec chaleur. Et Samantha aussi. Elle vous le dira elle-même dès qu'elle sera en état.

Quand elle entendit ces paroles, Samantha s'efforça de se reprendre.

— Je ne vous témoignerai jamais assez ma gratitude, dit-elle en secouant vigoureusement les mains du chirurgien. Vous êtes fantastique.

Il eut un sourire un peu suffisant. Mais il avait bien le droit d'être suffisant, songea-t-elle. Il venait de sauver Rachid !

— Votre fiancé est en salle de réveil, dit-il en tapotant les mains de Samantha. Il va rester groggy un bon moment. Allez-y doucement avec lui aujourd'hui. Ménagez-le. Pas trop de bavardages. Ni trop de baisers.

Le chirurgien eut un clin d'œil complice.

— A présent, je vous laisse. J'ai besoin de rentrer chez moi et de dormir. Je suis épuisé.

— Souhaitez-vous voir Rachid seule, d'abord ? lui demanda Ali après le départ du chirurgien.

Samantha eut une moue indécise. Comment allait réagir Rachid quand il la verrait ?

— Je ne sais pas. Je suis soulagée et en même temps, je suis morte de peur. Rachid ne va pas s'imaginer que je l'ai suivi à cause de son argent, n'est-ce pas ?

Ali secoua la tête avec un agacement manifeste.

— Ah, les femmes !

Il la prit par le bras, un peu comme le faisait Rachid, d'un geste autoritaire qui ne souffrait aucune protestation.

— Elles sont parfois si aveugles ! Il est fou de vous.

— Fou ? répéta-t-elle avec ahurissement, tandis qu'Ali l'entraînait dans le couloir.

— Il vous a légué tous ses chevaux de course, y compris le favori du prochain Derby. Si ça n'est pas une preuve !

16.

Rachid émergea lentement, la tête dans du coton. Il entendait des bruits autour de lui mais il ne parvenait pas à ouvrir les yeux. Il émit un grognement. Une voix féminine lui demanda son nom. Il jura et elle pouffa. Au prix d'un immense effort, il finit par ouvrir les paupières. Une infirmière était penchée sur lui, un sourire aux lèvres.

— Je vois que vous êtes de retour dans ce monde.

La lumière se fit soudain dans l'esprit embrumé de Rachid. Il n'était pas mort sur la table d'opération… Il était vivant !

Mais pour combien de temps ?

— Comment s'est passée l'opération ? demanda-t-il d'une voix étranglée.

Bon sang, il avait la gorge comme du papier de verre.

— Très bien. Le chirurgien a tout enlevé.

Des larmes emplirent les yeux de Rachid. Il détourna la tête. Pas question que l'infirmière le voie pleurer.

— Reposez-vous, dit-elle en lui pressant doucement l'épaule.

Il se rendormit. Pendant combien de temps ? Il ne le sut pas. Quand il ouvrit les yeux, on l'avait changé de chambre. Et ce n'était pas une infirmière qui se trouvait à son chevet, mais Ali, vêtu d'une djellaba.

— Ali ?

Il voulut se redresser mais sa tête était trop lourde. Il émit un grognement et renonça.

— Tu dois rester allongé, lui dit Ali. Tiens, l'infirmière a laissé des glaçons. Elle a dit que tu aurais sans doute envie d'en sucer.

Il en laissa tomber quelques-uns dans la main de Rachid.

— Inutile de protester contre ma présence ici, ajouta-t-il, devançant son ami. Je ne vais pas m'attarder, puisque je suis rassuré sur ton sort. Si les cérémonies de ce maudit couronnement ne commençaient pas demain, je resterais plus longtemps.

— Tu ne peux pas laisser tomber ton frère.

— Le jet royal m'attend à Heathrow. Je reviendrai.

— Merci d'être venu, dit Rachid, la gorge nouée par l'émotion.

— Je t'en prie. Mais il y a ici quelqu'un qui est beaucoup mieux placé que moi pour te tenir la main et te donner des glaçons.

Rachid soupira.

— Tu n'as pas engagé une garde-malade, j'espère ?

C'était exactement le genre de choses qu'Ali était capable de faire…

— Non, je parlais de ta fiancée.

— Ma fiancée ?

— Oui. « Fiancée » donne à Samantha une plus grande légitimité que « petite amie australienne ».

— Elle est là ?

— Elle était déjà là quand je suis arrivé. Elle s'était évanouie devant le comptoir de la réception.

Cette fois, Rachid se redressa d'un bond.

— Elle va bien ?

— Apparemment, elle a perdu connaissance en apprenant que tu étais déjà au bloc. Et à présent, elle est morte d'inquiétude à l'idée que tu puisses la soupçonner d'être venue jusqu'ici avec des intentions cachées.

— Où est-elle ?

— Dehors, en train d'arpenter le couloir. Veux-tu que je te l'envoie ?

Rachid ne parvenait pas à y croire. Elle était là ! Elle était venue le retrouver…

— Comment a-t-elle appris que je devais être opéré ?

— Ne pose pas de questions stupides. C'est une femme. Elle sait comment trouver les informations importantes. Tout ce que tu as besoin de savoir, c'est qu'elle t'aime, Rachid. N'en doute jamais.

— Justement, j'avais décidé que si je survivais à cette opération, je l'épouserais. Si elle veut bien de moi.

Ali fronça les sourcils.

— Vous ne vous connaissez que depuis une semaine !

— Certaines semaines sont plus denses que d'autres. Par ailleurs, quand on a frôlé la mort, on prend conscience que le temps est précieux. Envoie-la-moi, s'il te plaît. Et pars à Dubar rejoindre ton frère.

Ali secoua la tête.

— Tu as toujours été un garçon obstiné. Et souvent très mal avisé en matière de femmes. Mais cette fois, je dois reconnaître que tu as su choisir. Il faudra venir nous voir en Australie quand tu te sentiras suffisamment en forme pour faire le voyage.

— Promis.

— Je suppose que je vais devoir engager une autre vétérinaire ? demanda Ali d'un ton pince-sans-rire.

— J'espère !

— Dans ce cas, tu me seras de nouveau redevable.

— Quand tu rentreras au haras, tu pourras constater que je me suis déjà largement acquitté de ma dette. Il y a dans tes écuries cinq superbes juments qui ne t'ont pas coûté un centime.

— Ah, oui. Cléo m'en a parlé. Merci mon ami. Prends soin de toi.

Un bref salut, un petit signe de la main, et Ali partit.

Le cœur battant, Rachid resta les yeux fixés sur la porte. Samantha allait bientôt apparaître…

Et soudain, elle fut dans la pièce. Manifestement très nerveuse, elle s'avança lentement vers le lit. Elle portait une longue jupe à fleurs qui mettait en valeur sa silhouette élancée, et un corsage décolleté d'un beau rose vif. Son visage portait des traces révélatrices. De toute évidence, elle avait pleuré. Ses yeux étaient rouges et gonflés. Ses cheveux, qui flottaient librement sur ses épaules, étaient ébouriffés. Comme le matin du jour où ils s'étaient séparés, après une longue nuit d'amour.

— S'il te plaît, ne sois pas fâché contre moi, dit-elle d'une voix étranglée avant qu'il ait le temps de prononcer un mot.

Le cœur de Rachid se serra.

Fâché ? Il ne pourrait jamais être fâché contre elle ! Elle était tout pour lui. Son avenir. Sa raison de vivre.

Rien d'autre ne comptait.

Il tendit la main et elle s'approcha encore.

— Assieds-toi, dit-il en tapotant le matelas.

Elle s'assit.

Il posa la main sur sa joue. Elle pencha la tête contre sa paume et ferma les yeux avec un petit soupir.

— Tu veux bien m'épouser ? demanda-t-il d'une voix douce.

Elle tressaillit et releva brusquement la tête, les yeux écarquillés.

— Pas de discussion, petite esclave d'amour. Tu dois obéir aux ordres de ton seigneur et maître.

Samantha lui prit la main en secouant la tête.

— Les Australiennes ne promettent jamais d'obéir à leur

mari, Rachid. Pour nous, le mariage est une association basée sur l'amour et le respect mutuels.

Il eut un large sourire.

— D'accord. Je recommence. Samantha Nelson, toi que j'aime plus que tout au monde, veux-tu devenir ma femme ?

Des larmes emplirent de nouveau les yeux de Samantha. Des larmes de bonheur, cette fois. Il l'aimait ! Et il voulait l'épouser… Il avait donc confiance en elle.

Elle posa la tête sur son torse en soupirant.

— Tu ne dois plus jamais me quitter, chuchota-t-elle. Pas même une minute.

— Toi non plus, répliqua-t-il en lui caressant les cheveux. Nous allons faire installer un autre lit dans cette chambre. Et nous nous marierons dès que je serai sorti. Dois-je demander ta main à ton père, est-ce la coutume en Australie ?

Cette idée était très réjouissante, songea Samantha.

— Oui, en effet, acquiesça-t-elle avec un sourire malicieux. C'est la coutume.

— Dans ce cas, ce sera fait.

Samantha n'oublierait jamais la tête de son père quand Rachid lui avait demandé sa main.

Ni celle de ses frères le jour de son mariage.

Ali avait catégoriquement refusé de se marier discrètement à la mairie, et le mariage avait été célébré aux Ecuries Royales de Dubar, dans le somptueux pavillon au bord de la piscine.

Samantha comptait ce jour parmi les plus beaux de sa vie.

Avec celui où Rachid l'avait demandée en mariage, dans sa chambre d'hôpital, à Londres.

Et celui où elle lui avait annoncé qu'elle était enceinte, moins de deux mois après leur mariage. Dès le début, Rachid avait été rempli du plus grand respect pour l'enfant qui grandissait dans son ventre.

La joie et l'émerveillement qui avaient illuminé son visage quand elle lui avait tendu le petit Ali, juste après sa naissance, resteraient gravés à jamais dans la mémoire de Samantha. Tout comme le regard éperdu d'amour qu'il avait alors posé sur elle.

UN IRRÉSISTIBLE VOISIN, *Maggie Fox* • *N°2691*

Dans l'espoir de recouvrer le goût de vivre après la mort brutale de son époux, l'été précédent, Rowan est venue s'installer dans le charmant cottage qu'elle possède au bord de la mer. Mais c'est compter sans la présence déstabilisante de son voisin, un homme odieux que son divorce a visiblement rendu amer. Un homme odieux, certes, mais qui peut se montrer charmant, réveillant peu à peu en Rowan un trouble oublié…

LA MÉMOIRE BRISÉE, Lucy Monroe • *N°2692*

Après le terrible accident de voiture dont elle vient de réchapper, Eden sent un immense soulagement l'envahir en apprenant que son mari est lui aussi hors de danger. Mais quand elle peut enfin se rendre à son chevet, Eden découvre, effarée, qu'Aristide, victime d'une amnésie partielle, n'a aucun souvenir d'elle et de leur rencontre …

L'ÉTINCELLE DU DÉSIR, Robyn Donald • *N°2693*

Parce qu'il ne supporte pas l'idée que sa sœur, à qui il est très attaché, puisse souffrir, Curt décide de séduire l'intrigante qui semble avoir une liaison avec son beau-frère. Mais son stratagème se retourne contre lui dès qu'il voit la jeune femme. A tel point que, de plus en plus sous le charme, il redoute bientôt de perdre le contrôle de la situation…

UN ENNEMI TROP ATTIRANT, Darcy Maguire • *N°2694*

Irrésistibles patrons

Alors qu'elle pense que sa nomination au poste de directrice du marketing va être rendue publique, Tahlia apprend, horrifiée, que la promotion tant attendue lui échappe au profit d'un parfait inconnu. Un homme qui, non seulement, lui a volé le poste qu'elle convoite depuis si longtemps, mais qui croit pouvoir l'amadouer avec ses sourires enjôleurs…

Collection Azur

8 titres le 1er de chaque mois

Attention, numérotation des livres pour le Canada différente : numéros 1`35 à 1342

L'ASTROLOGIE EN DIRECT
TOUT AU LONG
DE L'ANNÉE.

(France métropolitaine uniquement)

Par téléphone 08.92.68.41.01

0.34 € la minute (Serveur JET MULTIMÉDIA).

Composé et édité par les
éditions Harlequin
Achevé d'imprimer en avril 2007

BUSSIÈRE
GROUPE CPI

à Saint-Amand-Montrond (Cher)
Dépôt légal : mai 2007
N° d'imprimeur : 70397 — N° d'éditeur : 12782

Imprimé en France